산정한담
山頂閑談

산정한담

山頂 閑談

이용대 지음

산 위에 올라 인생을 돌아본다

RiRi

일러두기

1. 이 책에는 여러 매체에 기고한 글을 수정하고 보완한 내용이 포함되어 있다.
2. 인명은 처음 나올 때 원어를 병기하되, 널리 알려진 경우에는 생략했다.
3. 번역되지 않은 도서는 처음 나올 때 원 제목을 번역해 표기하고, 번역된 경우에는 번역서 제목을 표기했다.
4. 책은 《 》, 잡지와 신문, 단편은 〈 〉, 영화는 『 』로 표기했다.
5. 지명, 인명 등 고유명사는 한국 산악계에서 표준이 된 표기를 따랐다.

여는 글

등산을 시작한 지 어느덧 반세기가 흘렀다. 혈기 넘치던 젊은 날 나의 산은 위험한 짓거리와 마주하는 치기로 가득했다. 여러 차례의 추락으로 죽지 않을 정도의 부상을 입기도 했지만, 내면에서 솟구치는 산을 향한 열정을 꺾지 못한 채 오늘도 산에 오르고 있다. 등산은 치유할 수 없는 불치병이자 높은 위험이 응집된 중독성이 있는 것이 분명하다. 등재되지 않았을 뿐 등산은 분명 병이다. 위험해서 더 매혹적일 수 있으나 이 병으로 인해 죽는 일은 없어야 한다.

알피니즘의 방향을 전환시킨 머메리Albert Frederick Mummery는 "등산가는 자신이 숙명적인 희생자가 되리라는 것을 알면서도 산에 대한 숭앙을 버리지 못한다."라고 말했다. 이처럼 대부분의 산악인들은 등반에 내재된 위험을 알면서도 산에 대한 집착에서 벗어나지 못한 채 산에 오른다.

그동안 로프를 함께 묶었던 동료나 후배들은 하나둘씩

내 곁을 떠났다. 30여 년 동안 등산교육 현장에서 열정을 불살랐던 동료강사들도 해외의 고산과 국내의 산에서 등반 중 부상을 입고 내 주변을 떠났다. 그럼에도 이 책에 등장하는 사람들과 만나는 곳은 항상 산이나 바위, 빙벽이다. 내가 추구하고 몰입했던 대상이 산이었으니 그건 너무나 당연한 일이다.

나의 산서 편독과 글쓰기는 산에 몰입하면서부터이다. 그동안 여러 지면에 쏟아낸 글들은 대충 1,300여 편이 넘는다. 산악 월간지 〈산〉, 〈사람과 산〉, 〈마운틴〉과 일간지 〈중앙일보〉, 〈한국일보〉 등에 칼럼과 에세이 등을 기고해온 세월이 어언 40년을 넘었다. 이번에 펴낸 《산정한담》은 나의 여섯 번째 저서이자 두 번째 에세이집이다. 수년 전 〈한국일보〉와 월간 〈마운틴〉 지면에 연재했던 글 외에 짬나는 대로 써낸 것들이다.

신문 연재 당시의 큰 제목은 산악인 이용대의 "나는 오늘도 산에 오른다"였으며, 잡지 연재의 제목은 "이용대의 등산칼럼"이었다. 월간 〈마운틴〉 창간호에 실린 첫 글을 시작으로 등산칼럼은 100회를 기록하는 장기 연재를 했다. 이번 글의 내용 대부분은 산과 사람의 이야기와 역사적인 인물과 사건, 알피니즘의 정체성, 산악인들의 사사로운 일상과 그들의 등산 활동이 배경이며, 이전 저서에서 못다 한 이야기이다. 여기에 실린 이야기들은 주변 산사람들과 부담 없이 나누는 산정한담山頂閑談이라 생각하면 될 것이다.

삶의 터전마저 산기슭으로 옮겨와 둥지를 마련한 지 40년. 아직도 강북에 사느냐고 묻는 사람이 있지만, 산의 품에서 떠날 수 없는 것이 내 고집이다. 그렇게 오늘날까지 북한산을 마주하며 살고 있지만, 산은 늘 내게 새로운 화두를 던져준다.

서재의 북창으로 조망되는 인수봉을 바라보며 오늘도 나는 산에 오른다.

2022년 봄 북한산 자락에서

이용대

3장 | 알피니스트, 자신만의 길을 만들다

4장 | 등산 장비의 변천사

1장

사람들은
왜 산에 오르는가

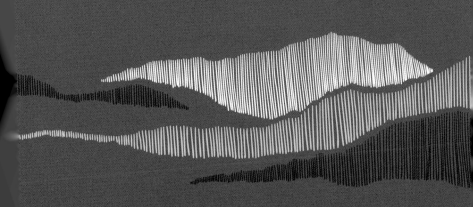

등산은 탈출이며
활력의 재충전이다

새내기 사회인으로 출발한 지 얼마 되지 않았을 무렵, 매일 반복되는 숨 막히는 일상의 틀에서 나는 늘 탈출만을 갈망했다. 산이란 덫에 걸려든 나는 시간만 나면 배낭을 메고 산으로 떠돌았고, 굶주린 짐승이 먹잇감을 찾듯 바위를 섭렵했다. 그리고 달력에 빨간색으로 표시된 날이면 어김없이 바위에 올라 자유를 누리며 활력을 재충전했다.

대체로 산꾼들은 형식의 틀을 매우 싫어하는 야성이 강한 동물인 듯하다. 마칼루를 초등한 장 프랑코Jean Franco는 "등산은 스포츠요 탈출이며, 때로는 정열이고, 거의 언제나 일종의 종교다."라고 말했다. 문명사회에서 잃은 것을 자연으로부터 보충하고 활력을 재충전하는 것이 등산이 아닌가 싶다.

당시 자주 어울리던 산꾼 중에 '신 브라운'이라는 후배가 있었다. 일요일 아침 아내의 극성에 등 떠밀려 성당에 가야 했던 그는 미사 도중 남들이 눈 감고 기도할 때 성당을 몰래 빠져나와 성경 대신 도시락을 배낭에 넣고 산으로 도망쳤다. 그는 산이 곧 종교이기를 갈망했던 사람이다. 그는 세례명조차 당시 세계적인 명성을 떨치던 영국의 걸출한 등반가 조 브라운Joe Brown의 이름을 따서 '브라운'으로 만든 친구다. 동료 산꾼들은 세례명 앞에 그의 성을 붙여 '신 브라운'이라 불렀고, 그도 그렇게 불러주는 것을 좋아했다.

그는 내 권유로 가리봉동에서 우이동으로 이사를 왔다. 우리 둘은 의기투합해 출퇴근 전후에 도선사 위쪽 상궁바위까지 달려가 맨몸으로 바위를 오르는 볼더링bouldering을 하고 출근했다. 겨울철이면 퇴근 후 아카데미하우스 뒤 계곡의 얼음에서 해가 저물도록 빙벽등반 연습을 했다. 해도 해도 끝이 없는 빙벽등반과 암벽등반에 목말라하던 시절이었다.

당시는 지금처럼 훌륭한 시설을 갖춘 인공암장이 없던 시절이라 자연 바위에서 하는 이런 행위가 유일한 훈련방법이었다. 그의 훈련 태도는 늘 진지해서 감탄하지 않을 수 없었다. 달리기를 할 때는 납으로 만든 무게 추를 발목에 차고 양손에는 아령을 들고 뛰었다. 마치 아령을 들고 싸움에 뛰어든 조직 폭력배의 모습 같아 어떤 때는 실소를 금치 못하기도 했다.

그는 설악산 울산암 북동벽에 새로운 바윗길을 열기도 했으며, 코오롱등산학교 초창기에 강사로 참가해 열정적인 교육활동을 하기도 했다. 또한 한국산서회韓國山書會 창립 초기 등반사료 발굴에도 나와 함께 참여했다. 그런 그가 이제 칠순을 넘긴 초로의 신사가 되었으니 세월의 빠름을 실감하지 않을 수 없다.

그의 피나는 훈련 결과는 1982년 마칼루 원정에서 빛을 발했고, 1987년 한국 최초의 에베레스트 동계 등정이라는 결실로 나타났다. 한국인으로서 이 등정은 칠전팔기 끝에 얻어낸 성공이었다. 등반대장으로 참가한 그는 허영호를 정상에 오르도록 지원했고, 이 경험을 바탕으로 한국 최초의 영문판 보고서 〈오리엔트 익스프레스 투 크리스털 서미트Orient Express To Crystal Summit〉(1991)를 펴냈으며, 세계 유명 알피니스트 27명의 행적을 묶은 《정상의 순례자들》(1990)도 펴냈다. 등산백과사전이라는 호칭이 무색하지 않을 만큼 해박한 등산 지식을 자랑하는 그는 학구적인 산꾼이었다.

미국으로 이주한 그는 브리지포트대학에서 산업디자인을 강의하고 있으며, 재미 한인 산꾼들의 모임인 뉴욕산악회 부회장으로 활동하면서 남미 최고봉 아콩카과와 네팔 히말라야의 아마다블람을 오르는 등 아직도 왕성한 등산 활동을 멈추지 않고 있다.

그는 한때 클린 클라이밍을 역설하며 직접 제작한 알루미늄 너트의 강도를 육탄 시험하다 상처를 입기도 했다. 그런가 하면 형식의 틀을 배격하며 배낭 대용으로 설탕 포대를 슬링으로 묶어 메고 다니던 기인이기도 했다. 암벽등반을 할 때 식량 따위는 아예 챙겨온 적이 없어 수덕암 산신당에 차려진 제물이 그의 단골 식량 구입 창고였는데, 욕쟁이로 이름난 수덕암의 박보살 할머니조차도 이를 알면서 눈감아 주었다.

이 무렵 나는 바위 맛에 한창 길들어 있었다. 인수봉이나 노적봉 외에도 주봉柱峰이나 오봉五峰으로 암벽등반을 하러 갈 때는 야영을 자주 하기도 했다. 도봉산 오봉은 한적한 산길과 스산한 가을바람에 일렁이는 갈대숲이 좋았다. 또 한밤중 상수리나무에서 도토리 떨어지는 소리에 놀라 잠을 깰 때면 괴괴한 태고의 정적이 있어 더욱 좋았다. 돌기둥을 꼽아 놓은 듯한 주봉과 그 아래에 자리 잡은 아늑한 야영장은 바위틈에서 솟는 맑은 샘물이 있어 좋았고, 밤이면 숲 사이로 펼쳐지는 도심의 야경이 아름다웠다.

지금의 주봉은 찾는 사람 없는 버려진 바위가 되어 산속에 방치된 폐가처럼 쓸쓸하기만 하다. 오봉 역시 리지ridge 도사들의 놀이터로 변한 지 오래다. 분별력 없는 사람들이 여기저기 마구잡이로 박은 볼트와 멀쩡한 바위를 드릴로 쪼아내서 홀드를 만든 닥터링doctoring 흔적들은 등반 난이도를 낮춰 암벽등반만의 짜릿한 손맛을 즐길 수 없게 만들어버렸다.

주봉은 높이는 낮지만 보다 어려운 등반을 추구하기에는 제격인 바위다. K-크랙, T-침니, 삼단 벽, 오버행의 천장 코스, 빌라길 등은 인공등반과 자유등반 모두를 즐길 수 있는 다양함이 있어 나를 유혹하기에 충분한 여건을 갖추고 있었다.

당시 나의 꿈은 천장 코스를 줄사다리를 쓰지 않고 자유등반으로 오르는 것이었으나, 이 일은 끝내 성사되지 못했다. 당시 주봉은 내가 즐겨 찾던 곳으로, 이후 미국으로 이민을 간 신승모, 전수철, 이영식 등과 어울려 즐겨 오르던 암벽이다. 어느 해인가는 이상기라는 후배와 밤늦은 시간까지 등반하다 로프를 회수하지 못한 채 맨몸으로 내려오며 죽을 고비를 넘기기도 했다.

작년 여름 '신 브라운'이 잠시 귀국했을 때 공항에서 걸려온 전화의 첫 마디는 "형님, 주봉은 아직도 제자리에 있지요?"였다. 그는 젊음을 불살랐던 그곳을 무척 그리워했으나 출국 전까지 이런저런 일에 묶여, 끝내 나와 함께 주봉을 오르지 못한 채 떠나고 말았다.

산에는 예술이 있고, 철학이 있다

등산은 자연, 인문, 사회과학 등 어느 분야로든 접근할 수 있다. 산은 그만큼 다양한 세계를 품고 있다. 많은 사람이 등산을 단순히 몸으로 하는 것으로 알고 있고, 일부는 건강을 위한 체력 단련 수단만으로 이해하려는 경향이 있다. 그러나 등산은 단순히 산을 오르는 게 아니라 탐구해야 할 대상으로 인식할 필요가 있다. 문학, 그림, 사진, 음악, 역사, 생태 등 등산을 중심으로 여러 방면에 걸쳐 폭넓고 깊게 탐구할 수 있는 분야가 바로 등산이다. 산악문학 작가, 산악 화가, 산악 사진가 등 산과 관련된 여러 작가군도 산이 지닌 이처럼 다양한 매력이 아니라면 존재할 수 없다.

등산을 처음 시작한 뒤 몇 년 동안은 새로운 자극이 있어 즐겁지만 같은 방법의 등산을 반복하다 보면 맥이 빠지고 진력이 나게 마련이다. 이처럼 등산 권태기가 올 즈음에는 자신의 적성에 맞는 분야를 선택해 새로운 계기를 마련해야 등산과 친숙한 관계를 오래 유지할 수 있다. 세계적인 산악 명저, 유명 알피니스트들의 자서전이나, 불가능에 도전하는 과정에서 일어난 극적인 육체의 기록, 유명 작가의 산악 소설 등 산서 탐독 여행에 빠져 보는 것도 크나큰 즐거움이 된다. 또 자신의 체험을 토대로 글을 써보는 것도 등산이 주는 즐거움에 흠뻑 취할 수 있는 방법이다. 산꾼들의 산서 저술활동은 그 나라의 산악문화 역량을 보여주는 잣대이기도 하다.

알프스 황금기를 빛냈던 에드워드 윔퍼Edward Whymper는 알프스 미답봉의 마지막 보루였던 마터호른을 5년간의 도전 끝에 오른 것으로 유명하지만, 산악문학에 길이 남을 불후의 명저 《알프스 등반기》를 남긴 저술가로 더 유명하다. 마터호른에 오른 지 6년이 지난 1871년에 출간된 고전이지만, 등산사 연구가 아놀드 런이 "사람들이 산에 오르는 한 계속해서 읽힐 책"이라고 격찬을 보낸 것처럼, 한 세기가 지난 지금까지도 여러 나라의 언어로 옮겨져 읽히고 있다.

프랑스를 대표하는 산악인 가스통 레뷔파Gaston Rébuffat는 등산 활동 외에도 많은 산서 저술과 영화 제작에 몰두해

11권의 책을 쓰고 4편의 산악영화를 제작했다. 우리나라에는 《별빛과 폭풍설》이 번역되어 많은 산악인에게 사랑받았다. 윔퍼나 레뷔파뿐 아니라 소년시절부터 산력을 쌓기 시작한 영국의 프랑크 스마이드Frank Smythe는 히말라야 개척기에 종송피크와 카메트 초등에 성공한 등산가이다. 그는 에베레스트 원정에 세 차례나 참가해 히말라야 등반의 선구자 역할을 했다. 그가 위대한 것은 고산등반 행위보다는 49년 생애 동안의 등산 활동을 《산의 환상》, 《산의 영혼》 등 27권에 달하는 방대한 산서로 남겼다는 점이다. 이는 산에 대한 각별한 애정이 없다면 이루어질 수 없는 결과이다. 어디 그뿐인가. 20세기 최고의 등반가로 널리 알려진 라인홀트 메스너Reinhold Messner는 그의 위대한 업적인 8,000미터급 고봉 14개 완등 후 펴낸 《나는 살아서 돌아왔다》를 포함해 70여 권의 방대한 저서를 남겼다. 그런데도 그의 저술활동은 여전히 진행형이다.

우리나라의 김장호 시인은 유려한 문체의 《한국명산기韓國名山記》를 남겼으며, 장호 시인은 죽기 전 한국의 100명산을 계획하고 한국의 작은 산을 명산으로 격상시키는 미문을 써왔으나, 이 일을 끝내지 못한 채 60명산을 끝으로 붓을 놓고 말았다. 사후 후학들이 유고를 모아 《한국백명산기韓國百名山記》를 펴내기도 했다.

한국 최초의 산악 수필집 《회상回想의 산들》을 펴낸 손경석과 수많은 해외 명저들을 번역해낸 김영도. 이분들은 평생 산과 관련된 저술활동을 하면서 수십 권의 산서를 저술해 우리 산악문화의 토양을 기름지게 했다. 김영도 선생은 백세가 다 되어가는 노령임에도 젊은이 못지않은 열정으로 역서를 펴내고 있으며, 저술활동을 이어가고 있다.

알프스 등산의 황금기에 4,000미터급 고봉에 올라 산악 풍광을 그린 가브리엘 로페Gabriel Loppé는 화구를 짊어지고 고산에 올라 알프스의 아름다움을 화폭에 담아낸 등산가이자 화가이다. 그는 당대의 유명 등반가인 알프레드 윌슨, 에드워드 웜퍼, 레슬리 스티븐과도 친밀하게 교우하며 등산을 했다. 몽블랑 정상에 올라 화구를 펴 놓고 그림을 그린 그는 스티븐과 함께 알프스의 여러 초등에도 참가했고, 높은 산봉우리, 세락과 빙하 호수, 크레바스, 눈 쌓인 계곡을 화폭에 담았으며, 때로는 엄청난 크기로 캔버스화를 사진처럼 정확하게 그렸다. 그의 독특한 화풍은 많은 사람을 알프스로 끌어들였다. 또 우리나라의 김미리 화가는 코오롱 등산학교에서 등산수업을 끝낸 뒤 8,000미터급 고봉 14개를 화폭에 담기 위해 가녀린 몸매에 무거운 화구를 메고 히말라야 고산들과 알프스 명봉들을 찾아 힘든 행보를 이어가고 있다.

요즘은 산악사진을 취미로 하는 사람들을 주변에서 많이 볼 수 있다. 산악사진 하면 떠오르는 인물이 있다. 세계적인 거장 비토리오 셀라Vittorio Sella이다. 그는 평생 탐험과 등산 인생을 살아오면서 많은 역작을 남겼다. 뛰어난 산악사진 작가인 그는 산에 올라 파노라마 산악사진을 최초로 촬영한 사람으로, 알프스 여러 지역을 등반하며 산악사진을 촬영했다. 또한 그는 카라코람을 탐험하면서 K2를 최초로 정찰했다. 당시의 원정기록을 정리한 방대한 보고서에 그가 찍은 K2 사진이 실렸다. 이로 인해 K2의 모습이 세상에 최초로 공개된다. 그가 K2에서 촬영한 산악사진들은 풍부한 내용과 정보를 제공할 뿐만 아니라, 기술적·예술적으로도 높은 가치를 지녀 현재까지도 널리 활용되고 있다. 당시 셀라의 사진 건판 규격은 가로세로 30센티미터가 넘는 대형이었으며, 사진장비의 무게는 123킬로그램이나 되었다고 한다. 그의 대표적인 작품을 선별해 펴낸 화보집《서미트Summit》는 밴프국제영화제에서 '산악 도서상'을 받기도 했다.

우리나라의 유명 산악사진 작가 김근원은 평생을 산 사진만, 그것도 흑백사진만 고집하며 찍다가 생을 마감한 사람이다. 그는 사진기 한 대를 둘러메고 산만을 찍으며 자신의 인생을 송두리째 산 사진 찍는 일에 바쳤다. 김근원에게 카메라는 피사체를 담는 기계가 아니라 붓이었다. 그는 사진가라기보다 카메라 렌즈로 그림을 그린 화가로, 한국 산악사진계에 한 획을 그었고, 오직 사진 찍는 기계로 산의 여러 형태를 포착하고 그것을 그려내기 위해 산으로 갔으며, 삶의 마지막까지 그곳에 머물렀다. 이것은 보통 일이 아니다. 그래서인지 그의 사진 앞에 서면 장엄과 엄숙이란 두 단어가 떠오른다. 색채를 거부하고 시종 흑백만을 고집한 사진 철학을 지닌 그는 렌즈로 한국의 산을 가장 아름다운 형태로 그려낸 뛰어난 장인이자 우리 산을 최고의 걸작으로 탄생시킨 작가이다. 그의 사진 '도봉산 선인봉'은 1976년 국제산악연맹UIAA 회보 표지사진으로 실려 한국 산의 뛰어난 아름다움을 세계 산악계에 널리 알리는 계기를 마련했다.

미국에 등반 사진의 대가로 갈렌 로웰이 있다면 한국의 암벽에는 늘 이훈태 작가가 있었다. 갈렌 로웰은 거벽등반을 하면서 수많은 걸작을 남겼다. 그는 역동적인 암벽등반 사진을 찍어《요세미티 수직의 세계》라는 작품집을 남겼다. 평생을 고집스레 등반 사진만을 찍은 이훈태는 한 가닥 로프에 매달려 목숨을 걸고 사진을 찍는 열정으로 한국 등반 사진의 새 장르를 개척했다. 그가 40여 년을 목숨 걸고 찍은 사진을 집대성한《등반 이야기》는 한국 암벽등반사의 한

부분이다. 그는 항상 클라이머의 눈으로 바위와 그곳을 오르는 사람을 바라보며 사진을 찍어왔다. 이 점이 암벽등반의 세계를 모른 채 자연경관에 끌려 사진을 찍는 사람들과는 출발부터 다르다 할 것이다. 그는 수직의 벽에 친밀감을 가지고 한계극복에 도전하는 클라이머들의 역동적인 이미지에 렌즈의 초점을 맞추었다.

암벽등반의 세계를 피사체로 선택하여 작품을 만든다는 것은 일반 사진과 달리 많은 어려움이 따른다. 작가가 직접 수직의 바위벼랑에서 무거운 카메라를 메고 로프에 매달려 생생한 장면을 담는 일은 혼신의 열정으로 몰입하지 않는 한 훌륭한 작품을 만들어낼 수 없기 때문이다. 생전에 그의 행보는 구도를 갈구하는 수도자의 모습이었다. 무거운 카메라를 둘러메고 암벽을 오르는 모습은 바위를 끊임없이 밀어 올리는 시시포스를 떠올리게 한다. 1995년 겨울 필자와 윤재학이 한국 3대 빙벽 중의 하나인 소승폭포 등반에 나섰을 때 현장에서 그를 만나 멋진 사진 한 컷을 부탁했으나, 등반 도중 폭설이 내려 기대할 만한 사진 한 장 건지지 못한 일도 있었다. "이훈태 씨! 다음번 겨울에 멋진 사진 한 장 부탁합시다."라고 훗날을 약속했지만, 그는 그 겨울이 오기 전에 인생을 마감했다.

이렇듯 등산은 저술과 사진, 그림 등 다양한 분야로 접근

할 수 있는 세계다. 이런 일에 몰입한 사람들은 축복을 받은 것이 틀림없다. 한 치의 낭비 없이 꽉 찬 인생을 살아온 이들의 열정에 경의를 표하고 싶다.

가을 산의 단상

계절이 바뀌고 파란 가을 하늘이 펼쳐질 때면 문득 어딘
가로 떠나고 싶은 충동이 일어난다. 이런 계절에는 간단한
행장 차림에 배낭 하나 챙겨 메고 가벼운 마음으로 산으
로 향하는 것이 좋다. 목적지를 따로 정할 필요도 없다. 그
저 발길 닿는 대로 호젓한 산길을 혼자 걸으며 자유를 만
끽하는 것이야말로 가을 산을 온몸에 담아올 기회가 될
것이다.

가을 산은 풍요로움과 쓸쓸함이 공존하는 두 얼굴을 지
니고 있다. 가을은 알차게 영근 산밤과 잣, 머루와 다래, 도
토리와 개암 등 온갖 먹을거리가 결실을 보는 풍요의 계절
이기도 하지만, 찬 서리에 고개 숙인 산구절초의 초라한 모

습을 보이기도 한다. 가을걷이 끝난 들판의 텅 빈 모습은 우리 마음을 쓸쓸하게 한다.

고려의 문신 김부식은 가을 산을 주제로 다음과 같은 시를 남겼다.

속된 사람이 오지 않는 곳(속객부도처, 俗客不到處)
올라와 바라보면 마음이 트인다(등림의사청, 登臨意思淸)
산의 모습은 가을이 더욱 좋다(산형추갱호, 山形秋更好)

일본 산악계의 선구자 오시마 료오키치大島亮吉는 "늦가을 산봉우리는 덕스러운 늙은이의 모습, 어찌 그리 품위 있고 꾸미지 않은 얼굴을 은빛으로 빛내고 있을까."라며 억새꽃이 하얗게 부풀어 빛나는 모습을 표현했다. 그는 또 "낙엽을 밟는 소리만큼 마음에 와 닿는 소리도 없다.", "늦가을 마른 풀 덮인 양지바른 언덕은 공상의 날개를 펴는 장소"라고 말했다.

짧은 산문으로 사람들을 감동시킨 독일 작가 안톤 슈낙 Anton Schinack 역시 《우리를 슬프게 하는 것들》이라는 책에서 "추수가 끝난 만추의 텅 빈 밭을 바라보면 마음이 쓸쓸해진다."라고 했다. 이처럼 가을 산은 사람들로 하여금 감성적이고 맛깔스러운 단상들을 떠오르게 하는 매력을 지니고 있다.

산 아래는 갖가지 일로 어수선하지만, 산에 오르면 언제나 정적만 흐른다. 스산한 가을바람이 잔가지 끝에 매달린 누런 잎들을 털어내면 낙엽이 마른 소리를 내며 굴러가고 벌거벗은 나뭇가지가 일렁일 뿐 주변이 갑자기 심연처럼 괴괴하며 정적 속에 묻힌다. 바스락거리는 소리에 놀라 시선을 주면 겨울준비에 바쁜 다람쥐 한 마리가 도토리를 입에 물고 숲속으로 달아난다. 산 아래에 삶의 뿌리를 내리고 사는 사람들이 산 아래 일에 무관심할 수는 없겠지만 일단 산에 오르면 그 자신이 산이 되어 산 아래 사는 사람들이 지닐 수 없는 고차원의 의식을 갖게 된다.

암벽등반 또한 가을에 더 감칠맛이 난다. 여름은 더워서, 겨울은 추워서 그 맛이 별로이지만 가을철 암벽등반은 손맛이 별나다. 오감을 자극하는 차가운 가을 바위의 느낌은 기분을 한층 고양시킨다.

지난 가을, 나는 혼자 쇠귀고개를 넘어 장현까지 산길 8킬로미터 정도를 왕복한 일이 있다. 참나무, 단풍나무, 벚나무, 소나무가 산길 옆으로 울창하게 드리워진 호젓한 길을 천천히 걷다 보면 길옆에 피어 있는 풀꽃을 살펴보는 여유마저 얻게 된다. 하늘빛을 담아내는 층꽃나무, 범부채, 벌개미취, 늦가을 찬 서리 맞으며 피어나는 구절초와 갖가지 풀꽃들이 가을을 재촉한다. 풀꽃 이름은 몰라도 그만이다. 꽃 이름 때문에 스트레스 받을 필요는 없다. 그러나 풀꽃은 이름을 알고 보는 것과 모르고 지나치는 것에 분명한 차이가 있다. 이름을 안다는 것은 친밀한 관계를 맺는다는 것을 의미하며, 그렇게 산길을 걸으며 꽃을 보면 느낌마저 다를 수 있다.

　가을은 무어라 해도 단풍과 풀꽃의 계절이다. 이제 곧 단풍도 풀꽃도 모두 스러지면 가을마저 그렇게 된다. 이 가을이 가기 전에 풀꽃이 지천으로 널려 있는 호젓한 산길을 걸어보면 어떨까.

아름다운 가을 산의 양면성

일 년 중 가을은 등산하기에 가장 좋은 계절이다. 온 산은 오색 단풍으로 치장하고 하늘은 높고 맑다. 산기슭에는 찬 서리 맞으며 피어나는 구절초 향이 코끝을 간질이며 가을 산을 수놓는다. 이런 계절이면 집에 틀어박혀 있기에는 좀 억울하다는 생각이 든다. 그러나 이런 아름다움 뒤에 위험을 숨기고 있는 것이 가을 산의 또 다른 얼굴이다. 첫눈이 내리고 늦가을 한파가 찾아오는 계절이기 때문이다.

우리나라 산에서의 가을은 9월 중순부터 10월 말까지로 보고 있지만, 위도와 표고에 따라 얼마간의 차이를 보인다. 북쪽 설악산에서 단풍이 끝나고 첫눈이 내릴 무렵 남쪽 산에서 단풍이 시작되는 것은 위도상의 시차 때문이다. 가을철 산행에서는 이러한 가을철 특유의 기상 상황으로 인해 몇 가지 주의해야 할 점들이 있다.

첫째, 가을 산은 다른 계절에 비해 일교차가 심하고 일조 시간이 짧으며 늦가을에는 한파가 닥쳐온다는 점에 주의할 필요가 있다. 일교차는 섭씨 5.5도에서 12.6도 정도로 일 년 중 봄철과 함께 가장 크다. 특히 산의 지세에 따라 큰 차이를 보인다. 낮은 지대에 있는 계곡의 일교차는 매우 크기 때문에 기온변화가 심한 계곡에서 야영과 비박을 할 때는 장비를 단단히 챙겨야한다.

하루 중 최고기온과 최저기온의 차이를 나타내는 일교차는 위도에 상관없이 해안보다는 내륙 산간지방이 더 크다. 10월 중 몇 군데 내륙 산간지방 기온 차의 극치수를 예로 살펴보면, 대관령이 최고 24도, 최저 영하 6.9도이며, 속초의 경우 최고 28.8도, 최저 0.4도 등으로 많은 차이를 보인다. 이러한 기온 차에 대비하기 위해서는 겨울에 쓰는 장비의 준비가 필요하다. 보온용 의류, 방풍복, 보온성 내의, 겨울용 침낭, 장갑, 털모자 등을 준비하는 것이 좋다.

가을 산은 일교차뿐만 아니라 늦가을의 한파라는 무서운 복병도 있다. 이 때문에 가을 산행을 준비할 때는 사전에 충분한 준비를 해야 한다. 가을 한파로 산에서 동사를 한 예는 상당수에 이른다. 늦가을의 한파는 아직 추위에 익숙하지 않은 계절에 추위가 닥쳐오기 때문에 우리 몸이 한층 더 추위를 느낀다. 몸으로 느끼는 춥고 더운 정도를 표현한 것이 체감온도다. 돌변하는 악천후에 대한 대처능력을 갖추려면 사전에 면밀한 준비가 필요하다.

둘째, 가을 산에서는 일찍 산행을 시작하고, 일몰 전에 끝내는 시간 계획이 중요하다. 초심자의 경우일수록 이 원칙을 더욱 철저하게 지켜야 한다. 가을철은 낮의 길이가 짧고, 밤이 길어지므로 기온이 낮은 계곡이나 숲속에서 일몰 후 허둥대며 행동하는 일은 삼가야 한다. 특히 낙엽이 깔린 계곡의 암반 위를 걸을 때는 넘어지지 않도록 조심해야 하며, 발을 헛디디는 경우가 없도록 주의해야 한다. 일몰 후의 산행은 급강하하는 기온과 시계 불량이 원인이 되어 심리적인 불안감으로 조난을 유발할 수도 있다.

산 위나 능선은 계곡이나 평지보다 일조시간이 다소 길지만, 사면과 계곡은 일몰이 빠르다는 사실을 명심해야 한다. 이런 상황에 대비하기 위해서는 조명구와 예비전지를 항상 배낭 속에 넣고 다녀야 한다. 조명구는 양손을 자유롭게 움직일 수 있는 헤드램프가 손전등보다 기능적이다. 특히 일몰 후에 행동하는 야간산행은 냉각된 바람이 산 정상에서 계곡을 향해 불기 때문에 체감온도를 낮추는 원인이 된다.

바람에 의한 체열 상실은 매우 심각한 문제를 불러올 수 있다. 예를 들면, 기온이 영하 23도일 때 바람의 세기가 시속 8킬로미터라면 인체가 느끼는 체감온도는 영하 26도이며, 16킬로미터일 때는 체감온도가 영하 36도, 24킬로미터일 때는 영하 42도가 된다. 바람이 세게 불면 불수록 같은 기온 아래에서도 체감온도는 점점 떨어지게 되어 결국은 동사의 위험과 직면하게 된다.

또한 늦가을 저기압의 통과는 비를 몰고 와 기온을 떨어뜨리는 원인이 된다. 가을철 눈과 비를 동반한 강풍이 불 때는 즉시 행동을 즉시 중지하고 은신처를 찾아 대피하거나 하산해야 하며 여벌의 마른 옷으로 갈아입은 후 따뜻한 음식물을 섭취하여 체온을 유지해야 한다.

가을 산에서는 '한낮에는 여름옷, 밤에는 겨울옷'을 준비하는 습관이 중요하며, 특히 방풍 옷과 여벌의 보온의류는 필수적인 준비물이다. 또한 하루 전의 기상정보를 파악해 그에 대한 대비를 해야 한다.

강렬한 긴장감과 희열에
중독되는 사람들

모든 운동이 그렇듯 등산 역시 두 얼굴을 지니고 있다. 안전하고 쉬운 길을 찾아 건강을 위해 산에 오르는 사람이 있는가 하면, 쉬운 길보다는 바위 절벽이나 눈과 얼음이 덮인 어렵고 가파른 곳만을 즐겨 오르는 모험적인 등반을 하는 사람도 있다. 1,800만 등산인구 중 대부분의 사람이 전자에 속하는데, 이들은 건강의 수단으로 등산을 이해할 뿐이다. 그러나 후자의 경우는 조금 특이하다. 이들은 산에서 건강을 챙기려는 것이 목적이 아니고, 그와 반대로 산에 가기 위해 건강해지려고 노력하는 사람들로, 일부러 시간을 내서 훈련을 하고, 몸을 만들기 위해 담금질을 하며, 자신을 한계의 끝까지 밀어붙인다.

이들은 어려움이 없는 등산은 뜻을 잃고 만다고 생각하는 사람들이다. 그것이 위험하다는 것을 알면서도 덤벼들 수밖에 없는 운명적인 만남, 그런 것을 등산이라고 정의한다. 어떤 어려운 시기에, 어떤 곳을 어떤 방법으로 올랐는가에 역점을 두는 것이 등산의 방법이자 목적이라고 정의하며, 그것이 산악인의 숙명이라고 말한다. 이런 생각은 극한 등반의 기본정신을 마련한 머메리가 이미 한 세기 전에, 그의 마지막 산이 된 낭가파르바트로 떠나기 전에 한 말이다. 광적이리만치 산에 미쳤던 그는 "등산가는 자신이 숙명적인 희생자가 되리라는 것을 알면서도 산에 대한 숭앙을 버리지 못한다."라고 자신의 저서 《알프스에서 카프카스로》에 유언과도 같은 문장을 남긴 채 만년설 속으로 사라졌다.

무시무시한 등반을 떠나는 사람들 중에는 자신이 죽어 못 돌아올지 모른다는 부담 때문에 주변을 깨끗이 정리하고 떠나는 경우도 있다. 1982년 아이거 북벽에 출사표를 던진 정광식은 직장에 휴가를 내고 아이거로 떠나면서 주변을 정리했다. 그는 죽음의 벽으로 떠나기 전 자신이 살아 돌아와서 이 책상에 앉지 못할지 모른다는 비감한 생각에 후임자를 위해 책상서랍 구석구석까지 말끔하게 먼지를 털어내고 떠났다. 보기만 해도 전율이 느껴지는 1,800미터의 깎아지른 아이거 북벽은 성공한 사람에게는 '영광의 북벽'이,

실패한 사람에게는 '죽음의 북벽'이 될 수 있는 곳이었기 때문이다. 몇 번의 죽을 고비를 겪고 일어선 후에도 다음 등반 대상지를 생각하는 것이 산악인들의 속성이다. 이처럼 비정상적인 생각이 '등산 병'이다.

2011년 최고의 화제작으로 전 세계 언론의 극찬을 받은 『127시간』이란 영화를 본 적이 있다. 이 영화는 산악인 아론 랠스톤의 생존 실화다. 암벽 틈 사이에 낀 자신의 팔을 칼로 자르고 탈출하는 끔찍한 이야기다. 유타주의 한 협곡을 단독 등반하던 그는 바위틈에 한쪽 팔이 끼면서 6일 동안 사막 협곡의 바위틈에 갇혀 127시간 동안이나 꼼짝할 수 없었다. 죽음과 맞서 끈질긴 사투를 벌이는 그는 갈증과 추위에 시달린다. 하지만 식수 대신 자신의 오줌을 마시며 바위틈 사이에 낀 자신의 팔을 칼로 자르고 탈출한다. 죽음의 현장에서 생환해 한쪽 팔을 잃은 채 일상으로 복귀한 그는 이처럼 끔찍한 사건을 겪은 후에도 의수를 달고 등반을 계속하고 있다. 사고를 '축복'이었다고 말하는 그의 목표는 콜로라도에 있는 4,200미터 이상의 산 59개를 겨울철에 단독 등반하는 것이다. 그의 끈기와 결행은 삶을 쉽게 포기하려는 사람들에게 큰 용기와 감동을 주고 있지만, 일반인들에게는 '등산이 목숨을 담보로 할 정도로 가치가 있나?' 하는 의문을 던진다. 그들이 우리 사회의 정상 궤도를 이탈한 괴

짜일까, 아니면 우리 사회가 궤도에서 벗어나다 보니 정상 궤도를 가는 그들이 괴짜로 보이는 걸까?

20세기 초 알프스에서 화려한 초등기록을 남긴 제프리 윈스롭 영Geoffrey Winthrop Young은 1차 세계대전에 참전해 왼쪽 다리를 잃었으나, 등산 중독증에서 벗어나지 못한 채 스프링을 장착해 길이 조절이 자유롭고 충격흡수가 가능한 특수 의족을 차고 등산에 대한 열정을 불사르며 강한 의지로 장애를 극복했다. 그가 의족을 차고 마터호른을 등반한 것은 1927년이다. 당시 외다리로 9시간 30분 만에 등반을 마친 그는 1935년에 치날로트호른 등반을 마지막으로 등반 생애에 종지부를 찍었다. 당시 그의 나이는 59세였다. 그는 등산 활동뿐만 아니라 여러 권의 저술을 남겼다. 특히 의족을 차고 활동한 기록들을 《차이 있는 산Mountains With a Difference》(1951)이란 저서에 남겼다. 외다리로 등산을 해온 영은 등산에 중독된, 그야말로 치유할 수 없는 병에 걸린 미치광이임에 틀림없다. 외다리로 등반을 한 그는 신체의 일부를 잃고 좌절의 늪에 빠져있는 사람들에게 희망과 용기를 주기 위해서라고 말한다.

등산은 올라가는 과정도 중요하지만 내려오는 과정까지 마무리해야 끝난다. 정상적인 하산은 자기의 의지대로 행동을 통제할 수 있지만, 자기의 의지를 벗어나 속도가 붙는 하산은 추락이다. 하산과 추락의 차이는 속도다. 격렬한 속도로 하산한다면 그건 추락이며, 그 결과는 죽음이나 부상 둘 중 하나로 결판이 난다. 그렇기에 암벽이나 빙벽에서 가장 경계해야 할 일은 추락이다.

등산 중증환자가 치료를 끝내고 퇴원할 무렵이면 대부분의 의사들은 똑같은 말을 되풀이한다. "앞으로 산에 가선 안 됩니다." 내 경우도 그랬지만 지금까지 아무 탈 없이 등반을 계속하고 있다. 그러나 예외인 경우도 있다. 미국 알래스카의 발디즈에서 개업 중인 앤디 엠빅 박사는 하버드 출신으로 빙벽등반에 중독된 가정의다. 그는 발디즈의 164개 빙폭의 난이도를 세분화한 안내서를 펴낸, 이른바 빙벽등반 중독증 의사다. 그는 자기 환자들에게 질병의 예방 차원에서 빙벽등반을 처방해준다. 하지만 그의 환자들 가운데 이 특이한 치료방법을 실제로 받아들인 사람은 거의 없다.

엠빅 박사는 빙벽등반을 하다 양다리가 부러진 중상자가 퇴원하면 아주 특별한 재활방법을 처방한다. WIWaterfall Ice 5급 클라이머에게는 WI 6급으로 한 단계 등급을 더 높여 빙벽등반을 하라고 처방하는 것이다. 제발 추락만은 하지 말라는 조언을 덧붙이면서. 빙벽등반에 중독된 의사가 빙벽등반 중독증 환자에게 내리는 특별한 처방이다. 어찌 보면 미치광이 같은 의사가 내리는 엉터리 처방이라고 오해할

지도 모른다. 하지만 빙벽등반에 집중하는 동안은 혈액 내의 아드레날린이 풍부하게 분비될 수 있기 때문에 더욱 가파르고 어려운 빙벽을 오른다면 그런 조건을 충분히 만족시킨다는 것이 그의 이유이다.

수년 전 토왕성 빙폭에서 30미터를 추락해 전신 골절상을 입고 병상에 누워있던 꼬르데산악회의 이내응은 투병 생활 중에도 산으로 복귀하지 못할 일을 더 걱정했다. 그는 토왕성 빙폭 선등 중에 불량한 얼음이 붕괴되면서 바닥까지 30여 미터를 추락해 발목과 척추, 대퇴부 등 전신 골절상을 입고 의사로부터 재기 불능의 판정을 받은 3급 중증장애인이다. 하지만 다시 산에 가면 죽을 수도 있다는 의사의 말을 외면한 채 퇴원 후 피나는 재활훈련을 해서 오뚝이처럼 일어선 못 말리는 중독자다. 그는 목발을 짚고 일 년 동안 동네 뒷산을 매일 힘겹게 오르는 강훈련으로 주민들의 손가락질을 받기도 했으며, 온전치 못한 다리를 이끌고 돌로미테의 치마그란데 코미치 루트를 선등했고, 토왕성 빙벽경기에서 장년부 1위에 입상하기도 했다. 그의 등산 중독증은 치유되지 않은 채 아직도 진행 중이다. 그가 즐겨 오르는 '토왕뽕'은 히로뽕이나 다름없다. 일반인의 상식으로는 해도 너무하다 싶을 정도로 그는 빙벽등반이라는 히로뽕에 취해 있다.

이 외에도 한 후배 강사는 암으로 위를 절제하고 장 폐쇄증, 두 번의 골절상까지 겪으면서도 오뚝이처럼 재기해 마치 굶주린 이리 마냥 알프스의 에귀디미디 남벽, 플랑 프라, 돌로미테의 치마그란데 코미치 루트, 로젠가르덴, 셀라 타워 등 여러 벽을 오르고, 생애 마지막까지 현역으로 남기를 바라면서 자정이 넘어서도 암장의 한 구석에서 땀을 흘리며 자신을 가꾸고 있다.

알피니스트는 생명의 존귀함을 망각하고 공포심에 무감각한 어리석은 인간이란 비난에 대해, 이탈리아의 유명한 등산가 발터 보나티는 "알피니스트도 감정을 지닌 인간이기에 생명을 잃을까 두려워하지만 공포감을 극복한 후 얻게 되는 차원 높은 희열감을 맛보기 위해 엄청난 노력을 기울여 등반을 강행한다."라고 말했다. 위험을 무릅쓰고 자신의 한계에 도전하기를 멈추지 않는 등반가들, 그들은 단지 등반이 주는 강렬한 긴장감에 깊이 빠져있을 뿐이다.

등산은 철저하게 자기중심적인 행위다. 등산가는 사람들의 박수갈채나 시선을 의식하면서 산에 오르지 않는다. 자기성취, 자기만족을 구하는 것이 등산행위이며, 매 순간 어려움을 극복하는 가운데 얻어지는 고양된 감정을 즐기는 놀이가 등산이다. 그 결과 오늘날의 산악인들은 수년 전만해도 불가능하다고 여겼던 것을 해치우고 있다. 암벽등반에서, 빙벽과 고산등반에서의 표준은 매년 향상되고 있다. 가능성의 한계점은 정상을 오를 때만이 아니라 하산할 때도 점차 상향 조정되고 있다. 불가능하다고 여겨왔던 급경사의 루트를 이제는 스키나 스노보드로 내려오기도 한다. 수십 년 전까지만 해도 최고의 등급으로 알려졌던 5.10이 무너진 지도 오래되었으며, 이제는 5.16을 향해 달음박질하고 있다. 등반 풍속도에서 가장 괄목할 만한 변화는 급경사의 빙벽과 바위가 뒤섞인 곳을 오르는 혼합등반의 발전과 이런 등반의 대중화다.

"보다 어렵고 다양한 루트로 올라라!"라는 등산 정신은 시대의 유물이 아니며, 21세기에 이른 지금까지도 첨예한 등반의 전범으로 그 정신이 이어지고 있다. 암벽 등급체계는 해를 거듭할수록 상향조정될 것이며, 고난도 등급을 오르려는 인간의 욕망이 지속되는 한 암벽등반 기술은 더 진화할 것이다.

나는 오늘도
산에 오른다

등산이 주는 여러 요소 가운데 산악인들만이 누릴 수 있는 즐거움이 있다면, 불확실성에 도전하는 모험의 즐거움을 빼놓을 수 없다. 선등자는 이런 흥분된 즐거움을 만끽하는 특권을 누릴 수 있다. 선등은 암벽등반에서 또 하나의 가능성을 열어준다. 로프의 끝을 매고 수직의 세계를 오른다는 것은 단독등반을 하는 것과 다름없다. 물론 동료와 함께 로프를 묶고 있긴 하지만, 오르는 중에 일어나는 어렵고 위험한 상황은 선등자 혼자서 해결해야 하기 때문에, 앞선 자는 추락에 대한 공포를 극복할 수 있는 용기와 전광석화처럼 빠른 판단력과 집중력이 뛰어나야 한다. 선등은 클라이머로 성숙하기 위한 성장 통이요 한 번쯤 거쳐야하는 통과의례이며, 자기시험의 기회이기도 하다. 흔히 선등을 "머리를 올린다."라고 말한다. 머리를 올린다는 것은 상투를 튼다는 의미로 어른이 된다는 뜻이니, 클라이머로 태어나기 위한 성인의식이라 할 수 있다. 선등은 누구나 다 할 수 있는 것이 아니다 평생을 선등 한 번 하지 못한 채 산을 떠나는 사람들도 꽤나 많다.

내 첫 선등 파트너는 이미 고인이 된 후배 이경해다. 그는 늘 조용하고 온화한 학생이었다. 내가 세 번째 맞는 바위에서 선등을 자처하고 나섰을 때 그는 자못 걱정스런 눈초리로 나를 쳐다봤다. 로프의 끝을 묶고난 뒤 그를 향해 "경해야, 혹 내가 등반 도중 떨어지면 네가 내 목숨을 확실하게 챙겨줘야 한다."라고 말했다. 그는 고개를 끄덕이며 "형님의 신중함을 저는 믿습니다."라고 응수했다. 선배가 신으로 군림하던 시절이었으니 믿고 따를 수밖에 없었을 것이다.

무식한 사람이 용감하다고 했던가. 새내기 바위꾼인 나는 목표로 한 인수봉의 B코스(1937년에 개척된 바윗길)에 대해 아무런 사전 정보 없이 자연스레 뻗어 있는 등반 선을 향해 출발했다. 지금의 표현으로는 온 사이트on sight 등반이다. 행운의 여신이 도운 걸까. 이 루트의 크럭스 피치Crux Pitch(가장 어려운 구간)인 항아리 크랙도 무사히 통과한 후 마지막 피치의 마등(당시는 접착력이 떨어지는 군용 워커를 신고 등반하던 때라 이곳을 말 등에 올라타는 듯한 자세로 올랐다)도 수월하게 오른 후 정상에 서니 시계가 탁 트인 전망이 펼쳐지며 온 세상이 내발치 아래에 놓여 있었고, 서해를 향해 길게 굽이져 흐르는 한강의 도도함과 백운대, 만경대, 노적봉, 오봉, 선인봉의 웅자가 한눈에 펼쳐졌다.

등반은 자연 속에 나를 묻고 섞는 행위다. 등반에 집중하다 보면 무념무상의 경지에 이르게 되고, 그 속에서 산 아래 두고 온 복잡한 일상사를 잊게 되니, 이보다 더한 즐거움이 어디에 있겠는가. "등산은 스포츠요 탈출이며, 때로는 정열이고, 거의 언제나 일종의 종교다."라고 등산을 찬미한 장 프랑코의 말을 곱씹으며 가슴 가득한 열정과 충일한 기쁨을 안고 노을이 비낀 서북면의 긴 하강루트를 내려왔다.

그 당시 나는 나 자신의 능력보다 더 높고 어려운 곳을 오르려는 오만함 때문이었는지, 아니면 무지에서 오는 용기 때문이었는지 몰라도, 아무튼 나는 첫 선등에 성공했다. 지금에 이르러 생각해보면 아찔한 순간이 반복된 등반이었으나 후배 앞에서 두려움을 감춘 채 여유를 보였으니 부끄럽기 짝이 없는 내 젊은 날의 허장성세였다. 나는 첫 선등의 성공으로 간덩이가 부어올랐고, 그런 오만함으로 이후 몇 번의 깊은 나락에 빠지기도 했다.

2장

정상을 향한
도전의 역사들

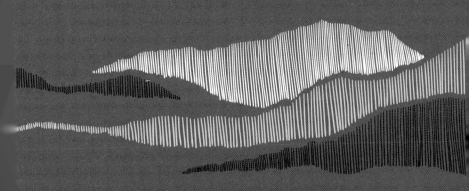

학자와 문인들의
등산 활동

19세기 등산에서 가장 눈에 띄는 것은 자연과학자들의 활동이다. 스위스의 아가시Agassiz, 영국의 포브스Forbes와 틴들Tyndall 등, 이들의 등산 활동은 주목할 만하다. 이들 과학자나 지식층, 특히 빙하학자들은 빙하와 지질 연구를 위해 알프스에서 등산 활동을 하면서 학술적인 업적을 진전시켰다. 당시 빙하학자들은 처음에는 빙하 연구를 목적으로 알프스에 왔다가 등산가로 입신하는 이들이 많았다.

아가시는 바위 동굴에 머물면서 빙하 연구에 몰두해 빙하학을 크게 발전시켰으며, 영국 등산의 아버지라 불리는 포브스는 아가시의 가르침을 받아 빙하학의 권위자가 되었다. 포브스는 빙하 연구뿐만 아니라, 1841년에는 융프라우의 네 번째 등정을 기록하기도 했으며, 1820년 몽블랑에서 눈사태로 실종한 안내인 3명의 시신과 유품이 40년 후에 빙하에서 발견될 것이라는 예언을 적중시켜 더욱 유명해지기도 했다.

틴들은 황금기를 빛낸 인물로 포브스의 발자취를 따라 메르드글라스를 연구했고, 과학적 관측을 위해 많은 산을 올랐다. 그는 1861년까지도 불가능하다고 여겨졌던 바이스호른의 초등을 해냈다. 그가 초등한 바이스호른은 세 개의 가파른 능선과 벽으로 둘러싸인 봉우리로 낙석 사고가 빈번해 당시 유능한 등산가들이 수차례 도전했으나 실패를 거듭한 곳이다. 또한 안내인을 동반하지 않고 몬테로사(4,634m)를 단독 등정하기도 하는 등 당시 기준으로는 어려운 등반들을 해냈다. 그는 웜퍼와 경쟁하면서 마터호른을 시도하기도 했으나 실패하고 말았다. 그러나 그가 가장 높이 오른 지점에는 그의 이름이 붙은 '틴들 봉Pic Tyndall'이라는 지명이 지금까지 남아 있다. 그는 마터호른 초등의 영예는 놓쳤으나 1868년에는 등반사상 최초로 리옹 능선으로 오른 다음 훼른리 능선으로 하산하는 마터호른 횡단등반을 성공시켰다. 1860~1869년까지 알프스에서의 활동을 담은 그의 《알프스의 빙하》는 불후의 고전으로 높이 평가받고 있다.

이 시기에는 과학자뿐만 아니라 볼프강 폰 괴테, 바이런, 윌리엄 워즈워드, 존 러스킨, 쉘리, 존 키이츠, 레슬리 스티븐 등 대문호들이 알프스를 찾아 산의 아름다움을 찬양하는 글을 발표하면서 산을 문학의 경지로 끌어올리기도 했다. 특히 작가인 스티븐의 활약은 수많은 미답봉을 등정하는 눈부신 기록을 남긴다.

19세기 영국을 대표하는 유명한 문학평론가 레슬리 스티븐은 버지니아 울프Virginia Woolf의 아버지이기도 하며, 알프스 황금기에 맹활약했던 등산가로 알프스에서 가장 많은 초등을 이룩한 선구자 중 한 명이다. 그는 1861년 다른 등반대가 두 번이나 시도했지만 실패한 슈레크호른Schreckhorn 초등에 성공했다. 뿐만 아니라 비에치호른, 림피시호른을 초등했고, 1862년에는 사다리로 거대한 크레바스를 넘어 50~60도 경사의 빙벽에 수많은 발판을 깎으며 설원에 도달해 최초로 융프라우요흐 횡단에 성공하기도 했다. 또 1864년에는 지날로트호른과 몽말레를 초등했으며, 바이스미스에 새로운 루트를 개척하기도 했다. 틴들이 과학 탐구의 일환으로 등산했던 것과 달리 스티븐은 산의 아름다움에 도취되어 산을 숭배의 대상으로 삼은 순수한 알피니스트였다. 그가 저술한《유럽의 놀이터The Playground of Europe》(1894)는 산악문학의 모델로 널리 알려져 있다.

황금기 이전까지만 해도 산은 일반적으로 위협적이고 험악한 공포의 대상으로서 여행과 교역의 장애물로 여겨져 왔으나 이와 같은 많은 문인들이 산의 아름다움을 찬양하는 문학성 높은 글들을 발표해 대중의 무지를 계몽하는 데 큰 역할을 했다.

우리나라도 서구적인 개념의 근대등반이 토착화하기 전인 1920~1930년대 초 당대를 대표하는 절필들이 기행문학의 압권이라 할 수 있는 답사적인 등산기록들을 남겨 등산활동의 대중보급과 저변확대에 주도적인 역할을 했다. 노산 이은상의 묘향산 기행문인 《향산 유기》나 《설악 행각》, 육당 최남선의 《백두산 관참기》나 《조선의 산수》, 민세 안재홍의 《백두산 등척기》 등은 조선조 때의 단순 유산기와 달리 우리의 명산들을 최초로 구석구석 탐사하는 학술적 구명의 탐사등반이었다.

인문지리학적인 측면에서 접근한 이중환의 《택리지》, 김정호의 《대동여지도》는 실학적 측면과 괘를 같이 하는 학술구명의 답사 등산이라 할 수 있다. 이런 문사들의 글은 대중 계도에 큰 역할을 했다. 이처럼 우리나라도 등산의 여명기에는 많은 문사들이 산과 관련된 작품을 통해 등산의 대중 보급에 상당히 기여했다.

알파인 클럽이란
무엇인가

알파인 클럽Alpine Club은 보통은 산악회를 뜻하지만, 좁은 의미로는 세계 최초의 산악회인 '영국산악회'를 일컫는 말이다. 'Alpine'이란 말은 '알프스의' 또는 '높은 산의'라는 의미로 쓰이며, 'Alpine Club'이라고 하면 적어도 눈과 얼음이 덮인 알프스와 같은 고산에서 등산 활동을 하는 사람들이 모여서 만든 조직이라 할 수 있다.

우리 주변에는 산악회라는 이름을 붙인 수많은 조직이 난립하고 있다. 조금 과장해 표현하자면 산악인의 숫자만큼 흔한 것이 산악회다. 한국 최대의 산악단체인 대한산악연맹 산하의 가맹 산악회 숫자만 해도 5,000개라고 한다. 두

명만 모여도 산악회고, 심지어는 서로 이름조차 모르는 사람들이 하루 모여 등산을 끝내고 미련 없이 헤어지는 인터넷동호인 모임조차도 산악회라는 이름을 쓰고 있는 것이 현실이다. 이러한 커뮤니티를 통한 산악단체 수만 해도 10만 개가 넘는다고 한다. 동네 뒷산 약수터에서 모이는 사람끼리도 산악회라는 이름을 붙여 친목활동을 한다. 현실이 이렇다 보니 지금 우리나라는 산악회 전성시대를 맞고 있는 셈이다. 등산 인구 1,800만 명에 산악회만 10만 개가 넘는 기이한 현상이다.

산악회라는 이름이 역사의 무대에 처음 등장한 것은 19세기 중반에 처음 생긴 영국의 '알파인 클럽The Alpine Club'이다. 영국 사람들은 알프스에서 활동한 그들의 고산경험을 알리고 토론 할 대중적인 포럼의 필요성을 느껴 산악회를 만들었다.

1857년 12월 22일 영국에서 세계 최초로 창립된 알파인 클럽은 150년이 넘는 긴 역사를 갖고 있다. 영국이 산악회 명칭에 '영국'이라는 나라 이름을 넣지 않고 '알파인 클럽'이라고 칭하는 이유는 "등산은 곧 영국이며, 알파인 클럽은 영국 고유의 것이다."라는 등산 종주국다운 그들 나름의 자부심 때문이다. 다른 나라의 경우 미국은 'American Alpine Club', 스위스는 'Schweizen Alpen Club', 일본은

'Japan Alpine Club', 한국은 'Corean Alpine Club' 또는 'Korea Alpine Federation' 등 영국산악회만 제외하고는 세계 주요 등산 국가는 모두 국명을 넣어 쓰고 있다.

알파인 클럽은 초기부터 등반 업적을 인정받은 사람들에게만 개방했고, 회원 모두가 대학을 졸업한 중산층 출신들로 폐쇄적인 운영을 했다. 비록 회원들 대부분이 알프스 토박이 가이드에 의지해 정상을 정복하기는 했지만 창립 당시 초창기 회원들은 그 시대 최고의 등반가 집단이었다.

알파인 클럽은 창립 초기부터 막강한 재력을 자랑하면서 레슬리 스티븐, 존 틴들, 에드워드 윔퍼, 알프레드 머메리 등 쟁쟁한 인물들이 유럽 알프스 전 지역에서 주도적인 역할을 하며 황금기를 빛냈다. 이들은 등산 활동을 스포츠로 승격시킨 원조이기도 하다. 윌슨의 베터호른 등정 이후 10년간 지속된 황금기 등반업적의 대부분이 알파인 클럽 회원과 토박이 가이드의 협력 아래 140개 처녀봉이 영국인들 주도아래 등정되었으니 유럽 알프스는 그들의 놀이터나 다름없었으며, 알파인 클럽은 당연히 영국의 자부심일 수밖에 없었다. 또한 알파인 클럽은 1863년에 세계 최초로 그들의 등산 활동을 기록으로 남기기 위해 〈알파인 저널The Alpine Journal〉이라는 간행물을 창간, 현재까지도 계속 발간하고 있다. 그리고 이에 힘 입어 이후 각국의 산악회에서도 산악 저

널을 발간하고 있다.

알파인 클럽에 뒤이어 1862년 오스트리아산악회가 두 번째로, 1963년 스위스산악회가 세 번째로 창립되었다. 뒤이어 같은 해에 이탈리아산악회, 1869년에는 독일산악회, 1874년에는 프랑스 등 유럽 열강들이 차례로 산악회를 창립했다. 20세기 초 알프스 미등의 북벽에 새로운 길을 열어나가는 과정에는 이들 여러 나라 산악회들이 국가주의를 앞세워 선의의 경쟁을 벌인 결과이며, 그 대표적인 예가 마터호른, 아이거, 그랑드조라스이다.

1930년대 등산운동은 국가 간에 민족주의가 강하게 작용했다. 올림픽에 출전한 운동선수가 자국의 국위선양을 표방하고 그라운드에서 뛰었듯 유럽 산악인들은 자국 민족의 우월성을 앞세워 초등 경쟁에 뛰어들었으며, 정상 등정을 자기 성취이기 이전에 조국이 요구하는 과업을 수행하는 것으로 여겼다.

1950년부터 1964년까지 히말라야 자이언트 14개를 놓고 세계의 열강들이 등정 경쟁을 벌일 때도 알프스 미등의 벽에서 일어났던 경쟁적인 양상을 그대로 반복한다. 당시 국가를 대표하는 산악회들은 국가적 재정지원을 바탕으로 히말라야를 무대로 활동했다. 대원들은 조국을 위해 영토 확장 전쟁에 참전한 병사처럼 행동했고, 고산등반은 군사작전처럼 행해졌다. 영국의 32년에 걸친 에베레스트 원정기록에서 볼 수 있듯 원정대의 대장은 존 헌트 대령, 찰스 브루스 준장, 에드워드 노튼 중장과 같은 군 지휘관을 경험한 인물들이 맡았다.

반면 오랜 시간 동안 사회 여러 분야에서 그랬듯 등반 세계에서도 여성이 인정받지 못한 채 배척당한 힘든 시기가 있었다. 여성 산악회가 탄생한 역사적 배경을 살펴보면 그 시작은 성차별에 대한 반작용이었다. 선진 산악국가인 영국과 스위스에서 그 예를 살펴볼 수 있다.

일찍이 영국은 그 어느 나라보다 여권신장을 급속히 추진했는데, 유럽 대륙과는 다르게 당시 영국 여성들은 스포츠를 활발하게 즐겼지만 여성 등반에 대한 인식은 부족한 상황이었다. 당연히 여성은 알파인 클럽 회원이 되지 못했다. 결국 여성들은 남성들이 만든 굴레를 벗어나기 위해 1907년 '영국 여성 산악회The Ladies Alpine Club'를 탄생시켰다. 세계에서 세 번째로 산악회를 만든 스위스산악회도 1907년에 여성을 회원으로 받지 않겠다는 결정을 내려 결국 1918년 '스위스 여성 산악클럽'이 따로 만들어졌다.

매년 9월 15일이면 한국의 대한산악연맹과 한국산악회가 '산악인의 날'과 '창립일'을 기리기 위한 행사를 한다. 두 단체 모두 산악운동 발전에 기여한 유공자를 격려하고, 선

후배 회원들이 자리를 함께하며 교분을 나눈다. 대한산악연맹에서 제정한 '산악인의 날'은 한국 원정대가 에베레스트를 최초로 등정한 1977년 9월 15일을 기념하기 위한 것이다. 또 조국 광복과 더불어 1945년 9월 15일에 창립된 한국산악회는 올해로 77주년을 맞는다. 100년, 200년 후까지도 두 단체 모두 전통과 결실을 지속적으로 이어갔으면 한다.

등산 활동 발전에 동력이 되어온 산악회는 산악인들에게 어떤 의미를 지닌 곳인가. 처음 들어 올 때는 낯선 곳이지만 들어오고 난 후에는 형제 이상의 끈끈함으로 뭉쳐지는 조직이 바로 산악회다. 이토록 정신적인 유대감이 돈독해지는 이유는 줄을 함께 묶고 위험을 공유하는 '자일샤프트 seilschaft'의 관계로 발전하기 때문이다. 이러한 의미가 퇴색된 산악회가 난립하고 있는 지금, 산악회의 진정한 의미를 돌아보고, 그 가치를 함께 지켜나갈 수 있기를 바란다.

여성 산악인, 규방을 넘어 에베레스트까지

짧은 치마에 륙색을 메고 등산하는 여성들의 복장은 상상
만 해도 아찔하고 어색해 보인다. 이런 모습이 1930년대 우
리나라 여성들의 등산복장이었다. 긴 스타킹에 짧은 치마
를 입고 륙색과 수통을 메고 등산하는 일은 지금의 등산복
처럼 절대 기능적일 수 없다. 어느 해인가 북한산 백운대를
오르던 한 여성은 바람에 날리는 치마 자락을 잡으려다 몸
의 중심을 잃고 추락한 일도 있었다. 당시에는 발목이 드러
나는 동강치마가 유행이었고, 통치마가 여학생 교복으로 채
택되면서 지나치게 개방적인 복장이라는 논란이 일었던 시
기였다. 이런 시대에 종아리가 노출되는 짧은 치마를 입고
등산하는 여성은 시대에 저항하는 앞서가는 선각자였다.

이 시기는 규방閨房에 갇혀 있던 여성들에게도 서구식 교육의 기회가 주어졌던 개화 초기였다.

프랑스의 마리 파라디Marie Paradis는 긴 외투에 발끝까지 내려오는 통치마를 입고 몽블랑을 오른 세계 최초의 여성이다. 몽블랑이 초등되고 나서 22년이 지난 1808년의 일이다. 당시 그녀의 등정을 부추긴 사람은 가이드들이었다. "당신은 승리가 확실한 훌륭한 산악인이다. 우리와 함께 몽블랑을 오르자. 당신의 등정이 다른 사람들에게 값진 선물이 될 것이다."라고 꼬드겼다. 하지만 파라디의 등반은 고난의 연속이었다. 끌고 당기고 가이드들의 등에 업혀 마침내 정상에 섰지만, 그녀와 동행했던 사람들은 불행하게도 절반이 사망하는 비싼 대가를 치렀다. 그렇다 해도 치마 입고 산에 오른 여성 등산의 역사로 따져 본다면 우리보다 122년이나 앞선 기록이다.

우리나라 여성들이 등산을 시작한 1930년대에 발간된 최초의 여성잡지 〈여성〉 창간호에 "하이킹 예찬"이란 제목의 글이 실렸다. 이화여전과 경성보육학교의 하이킹 반의 활동이 소개된 기사다. 그 당시 이들은 북한산 백운대, 관악산, 인왕산 등을 무대로 활동했으며, 안전한 등산로를 오르내리는 하이킹 수준의 등산이었다. 당시의 언론은 여성들의 등산 활동에 대해 "봉건의 울타리에 갇혀 규방을 넘지 못하던 발걸음이 마침내 장산壯山을 밟게 된 것은 우리의 가슴을 충만 시켜주는 장한 일이다."라고 예찬하기도 했다.

우리나라 여성들이 통치마를 입고 백운대(836m)에 오르던 때로부터 80년이 지난 지금, 우리의 여성들은 세계의 8,000미터급 고봉 모두를 오르는 우먼파워를 일궈냈다. 백운대에서 에베레스트(8,848m)까지 표고 차 8,012미터를 극복하는 데 걸린 세월은 80년이며, 등산에서 치마가 없어진 것도 반세기 이상의 세월이 흘렀다.

우리나라보다 등산의 선진국이라는 일본이나 미국의 상황도 마찬가지였다. 1975년 여성 최초로 에베레스트에 오른 일본 여성 다베이 준코, 1978년 미국 여성 최초로 안나푸르나를 오른 알렌느 블럼은 '나약한 여성 원정대'라는 사회적 편견과 스폰서들의 냉대 속에서 어렵사리 원정자금을 마련해야 했다. 이들이 출발 전부터 맞닥뜨린 어려움은 히말라야가 지닌 위험이 아닌 '편견의 산'이었다. 마침내 이 두 여성은 에베레스트와 안나푸르나를 여성 최초로 오르는 데 성공했으며, '나약한 여성들에게는 험난한 산을 오르는 데 필요한 힘과 용기가 부족하다'고 생각했던 그 시대의 편향된 견해도 함께 정복했다.

다베이 준코의 경우, 여성들만으로는 등정이 불가능할 것이라며 지원을 꺼렸던 사람들조차 축하 격려금을 보내왔고, 언론은 이들의 등정을 일제히 대서특필하는 등의 소란을 피웠다. 이런 축하 분위기에 대해 그녀는 "남자들은 왜 에베레스트 등정에 대해 난리를 피우는지 모르겠다. 그곳도 단지 산인데."라며 자신을 냉대한 사람들에 대해 일침을 가해 화제가 되기도 했다.

우리나라에서 여성들로만 이루어진 원정대가 해외 고봉에 첫발을 디뎌 등정에 성공한 것은 1982년 선경여성대의 람중히말(6,986m)이다. 1988년에는 여성대가 북미 데날리(6,191m)를 올랐고, 1993년에는 대한산악연맹 여성 원정대가 에베레스트를 올랐다. 1979년에는 한국 여성산악회가 거벽등반을 위해 첫 원정을 나섰다. 또한 고소등반에서 숨은 능력을 보여준 여성으로는 안나푸르나에서 죽음을 맞은 지현옥, 낭가파르바트에서 생을 마감한 고미영, 8,000미터급 고봉 14개를 모두 오른(이 기록은 약간의 논란이 있다) 오은선 등이 있다. 꿈과 목표가 없는 인생은 무의미하다.

어떤 길이든 스스로가 선택한 일을 성취하기 위해 묵묵히 자기 길을 걸어가는 사람만이 자기의 세계를 열 수 있다. 편견에 물러서지 않고 끝내 보란 듯이 자신의 도전을 성공시켜온 여성 산악인들이야말로 바로 그런 길을 걸어온 사람들이다.

지금은 성별 차이 없이 대등한 위치에서, 오히려 남성보다 한 수 앞서가며 활동의 영역을 넓혀가는 여성들을 보면 격세지감이 느껴진다. 동서양을 막론하고 산 귀신에 홀리면 남녀 구분이 따로 있을 수 없다. 1995년 여성 최초로 에베레스트를, 이어 K2를 가이드의 도움 없이 무산소로 단독 등정에 성공하고 나서 하산과정에서 시속 100킬로미터의 강풍에 휩쓸려 실종된 영국의 앨리슨 하그리브스는 평범한 삶을 거부하고 온몸을 산에 던진 두 아이의 엄마였다. 그녀의 짧고 불꽃같았던 삶은 산에 대한 애정과 열정이 없었다면 이루어지지 않았을 것이다. 그녀는 전문등반가의 삶과 두 아이 엄마로서의 삶을 함께 껴안은 여성이다. 그녀는 단조롭고 틀에 박힌 일상에 대한 반항으로 산과 모험을 삶의 방편으로 택했다. 그리고 옥스퍼드대학 진학조차 등산과 대학을 바꿀 수 없다는 생각에 포기하고 등산에 모든 열정을 불태우며 알프스 6대 북벽을 알파인 스타일로 올랐고, 당시 남자들도 감히 넘보지 못한 마터호른과 그랑드조라스 북벽을 겨울철 악천후 속에서 단독 등반했다. 특히 출산 후에는 등반이 어려울 것이라는 생각에 1988년 임신 6개월의 몸으로 험악한 아이거 북벽을 올라, 언론으로부터 야망과 명성 때문에 임신 중 과격한 등반을 했다고 비난을 받은 외골수 여성 산꾼이었다.

그런가 하면 미국의 린 힐은 남성들이 시도조차 못 해본 자유등반의 영역에 도전해 깔끔하게 등반을 마무리한 암벽 등반가다. 1994년 그녀는 1,000미터 수직의 벽 엘캐피탄의 노즈를 인공장비를 쓰지 않은 채 23시간 만에 자유등반으로 돌파하는 저력을 보여준다. 최근에는 우리도 하그리브스나 린 힐에 버금갈 정도의 여성 산꾼들이 세계의 고봉에 진출해 종횡무진으로 활동하며 여성들의 활동 영역을 넓히는 데 많은 기여를 하고 있다.

에베레스트를 향한
세계의 집념

"국장님, 지금 세계에서 제일 높은 산을 찾아냈습니다!"

1852년 어느 날, 인도 북부의 데라둔에 있는 영국의 측량 국장실에 한 측량기사가 허겁지겁 뛰어들며 소리쳤다. 그때 까지 기호 K15로 불리던 산이 자료를 정리하던 중 8,848미 터(8,847.7344m, 29.028ft)의 높이를 지닌 세계 최고봉으로 확 인되었기 때문이다.

이 산의 높이가 발견되기 전까지 세계에서 가장 높은 산 은 42호 봉(다울라기리)이나 8호 봉(칸첸중가)으로 알고 있었 다. 하지만 이 봉우리들은 K15보다 그 높이가 훨씬 낮았다. 세계 최고봉의 순위가 한 순간에 뒤집힌 것이다.

당시 인도를 식민지로 통치하던 영국은 1794년에 측량

국을 만들어 북쪽 국경지대의 네팔 고봉들의 높이와 위치를 측량하고 있었으며, 히말라야 여러 고봉에 카라코람Karakoram의 'K'를 붙여 K1, K2 하는 식으로 측량번호를 부여했다. 그리하여 에베레스트는 피크XVpeak XV라는 측량기호 이름도 있다. 에베레스트는 세계 최고봉답게 그 이름도 여럿이다. 티베트어로는 '세계의 여신' 또는 '지구의 모신'이라는 뜻의 초모룽마Chomolungma이며, 네팔어로는 사가르마타Sagarmatha이다. '눈의 여신'이란 뜻을 가진 사가르마타는 네팔 왕국의 전설적인 정복자 이름이지만, 에베레스트 인근에 거주하는 셰르파 족에게조차 생소하다고 한다. 중국에서는 이 산을 추랑랑마珠穆朗瑪라고 부른다.

이렇게 발견된 세계 최고봉은 초모룽마라는 현지 지명이 있음에도 '에베레스트'라는 산명이 생겼다. 당시 영국의 왕립지리학회가 세계 최고봉 발견을 기념하기 위해 측량작업에 공이 큰 전임 측량국장 조지 에베레스트 경Sir George Everest의 이름을 따서 1865년에 '마운트 에베레스트Mount Everest'로 명명했기 때문이다.

이 산이 세계 최고봉으로 확정된 지 150여 년이 지났다. 하지만 여전히 초모룽마는 제 이름을 찾지 못하고 에베레스트로 불리는 것은 이 산의 최초 발견자인 영국인들의 집단이기주의가 작용한 것은 아닐까 하는 씁쓸함이 남는다.

산 이름에 인명을 붙이지 않는 것이 당시의 관례였고, 지명은 현지에서 부르는 이름을 원칙으로 하는 것이 세계 지리학계의 공식 입장이었으나 영국은 이를 비켜갔다.

초모룽마라는 이름은 이미 100여 년 전부터 유럽에 알려져 있었다. 1733년 프랑스에서 간행된 티베트 지도에 초모룽마라는 이름이 표기돼 있었으니, 100여 년 뒤 영국 측량 관계자가 이를 몰랐다는 것은 믿기 어렵다. 에베레스트 연구의 권위자인 영국의 월트 언즈워스Walt Unsworth는 당시 측량 관계자들이 자신들의 업적을 기리기 위해 이런 자료가 있음을 알고도 에베레스트란 이름을 붙이기로 의도적으로 공모했다고 주장한 바 있다. 이런 연유로 히말라야에서는 에베레스트만이 아직도 식민지배의 상처가 남은 유일한 산으로 남아 있다.

에베레스트의 높이

—

피크XV로 불리던 에베레스트가 세계 최고봉으로 등극하기 전까지는 여러 개의 산들이 영광스러운 챔피언 자리를 다투어 왔다. 17세기와 18세기만 하더라도 남미 대륙의 안데스산맥에 있는 6,310미터 높이의 침보라소Chimborazo가 세계 최고봉으로 여겨졌다. 그러나 1809년 영국의 한 측량기사에 의해 히말라야의 다울라기리 높이가 8,167미터로 측정되자 세계 최고봉의 지위는 단숨에 바뀌었다. 그러나 대부분의 지리학자들은 8,000미터가 넘는 산은 없을 것이라 생각해 1840년대 직전까지만 해도 침보라소가 세계 최고봉이라는 믿음을 유지했다.

1840년대에 들어와서 인도와 네팔의 국경에 솟아 있는 8,586미터 높이의 칸첸중가가 잠시 동안 세계 최고봉으로 인정되었지만, 1852년에 에베레스트가 세계 최고봉의 자리에 등극했다. 새로운 최고봉의 높이를 둘러싼 공방은 20세기에 들어와서도 계속되었다. 1930년대 초반 중국 사천성 오지에 우뚝 솟아 있는 매우 인상적인 봉우리 미냐콩카 Minyakonka(7,556m)를 두고, 이것이 9,220미터의 높이를 지닌 지구상 최고봉이라며 흥분으로 가득 찬 동요가 일어나기도 했다. 현재는 이 산을 공가산Gonggashan이라 부른다.

에베레스트의 높이는 8,847.7344미터로 공인되고 있다. 그러나 최근 인공위성이 측량한 기록은 8,850미터로, 현재는 이 높이를 공식기록으로 쓰고 있다. 1999년 미국의 국립지리학회National Geographics Society는 에베레스트의 높이를 측정하기 위해 브래포드 워시번Bradford Washburn을 대장으로 하는 '밀레니엄 원정대'를 파견했다. 이 원정대의 목적은

GPS로 에베레스트의 높이를 정밀 측정하는 것이었다. 측정의 직접적인 동기는 에베레스트가 점점 높아지고 있다는 의심에서 시작되었다. 인도아대륙이 유라시아대륙과 충돌하면서 히말라야가 생겼고, 이 현상이 에베레스트의 높이에 영향을 주고 있는지에 대해 답을 얻고자 한 것이다. 밀레니엄 원정대는 정상에 올라 휴대용 GPS와 12개의 위성을 이용해 높이 측정에 정확성을 기했다. 그리고 정상에 쌓여 있는 눈의 깊이를 측정하기 위해 MIT 공과대학에서 특별히 고안한 레이더 장비를 사용했다. 등반가, 과학자, 셰르파로 구성된 이 원정대의 멤버들은 1999년 5월 5일 오전 10시 13분부터 11시 9분까지 56분간 에베레스트 정상에 GPS를 설치해 정밀한 높이를 측정했는데, 이렇게 계산해 낸 수치가 8,850미터였다. 이는 지난 4년간의 측정 결과와도 같은 수치였다. 또한 에베레스트는 매년 3~6밀리미터 정도 북동쪽으로 이동하고 있다는 사실도 밝혀냈다.

에베레스트를 향한 영국의 32년간의 집념

오래 전 영국의 노턴은 셰르파들을 설득해 6캠프로 짐을 올렸다. 그리고 여기까지 올라온 4명의 용감한 셰르파에게 타이거Tiger라는 칭호를 주었다. 이 일을 계기로 등반에 공헌한 헌신적이고 우수한 셰르파들에게 호랑이 머리 모양이 새겨진 타이거 배지를 수여하는 제도가 만들어져 셰르파들에게 최고의 긍지를 선사했다.

제4차 에베레스트 원정은 1933년에 이루어졌다. 휴 러틀리지H. Ruttledge가 지휘한 이 원정대는 에릭 십턴Eric Shipton을 위시해 노련한 산악인들로 구성되었다. 하지만 웨이저(L. R. Wager)와 해리스(P. Wyn Harris)가 무산소로 8,570미터까지 진출했으나 정상부의 암·빙벽지대에서 되돌아서고 말았다. 비록 등정에는 실패했으나 그들이 세컨드스텝(8,680m)을 볼 수 있었던 것은 큰 성과였다. 그들은 퍼스트스텝(8,568m) 동쪽 250미터 능선으로부터 18미터 아래 떨어진 지점에서 1924년에 실종된 어빈의 윌리쉬 오브 태쉬Willisch of Tasch 피켈을 발견하기도 했다.

에릭 십턴이 이끄는 1935년 제5차 영국 원정대는 소규모로 구성되었다. 이 원정대는 입산허가가 지연되고 원정준비도 미진해서 과거와 달리 정찰을 목적으로 조직되었다. 이들은 에베레스트 주변에 있는 6,000미터 높이의 봉우리 26개를 등정한 후 노스콜에 도달했다. 당시 이 원정대에는 유능한 등산가 틸먼Tillman Harold William을 비롯해 전도가 촉망되는 텐징 노르가이Tenzing Norgay가 참가했다. 이후 텐징은 1953년 에드먼드 힐러리Edmund Hillary와 함께 에베레스트 초등자가 되었다.

1936년 제6차 영국 원정대는 휴 러틀리지를 대장으로 파견했다. 26명의 대원과 23명의 셰르파가 동원되었으며, 원정에 필요한 물자 수송은 300여 마리의 야크를 이용했다. 그러나 이해는 이례적으로 일찍 닥친 몬순의 영향으로 인해 결국 노스콜에 도달하고 하산하는 것으로 원정을 마무리했다.

1938년 제7차 영국 원정대는 빌 틸먼 대장을 비롯해 7명으로 편성된 소규모 원정대였다. 대장 틸먼은 대규모 원정대를 꾸리는 것을 반대하고 소수정예 대원만으로 팀을 편성했다. 스마이드, 십턴, 오델, 올리버, 워런 등 강력한 멤버들로 구성된 이 팀은 텐징과 같은 유능한 셰르파도 참가시킨다. 그러나 이해에도 몬순의 영향으로 적설량이 많아 8,320미터에 도달한 후 철수했다. 이후 제2차 세계대전이 일어나 등산이 중단되었다. 더군다나 1950년 전쟁이 끝난 후 히말라야 주변국의 정치적인 변화로 티베트가 중국 점령지가 되면서 입국이 어렵게 되자 에베레스트의 북방 관문은 폐쇄된다. 그동안 영국은 북방 관문을 통해서 17년 동안 에베레스트를 원정했다. 따라서 제7차 원정대가 북쪽에서 등반을 행한 마지막 원정대가 된다.

영국은 1921년부터 7차례의 에베레스트 도전에 실패했지만 정상을 오르는 데 필요한 소중한 자료와 체험을 축적했다. 1939년 9월 독일의 폴란드 침공으로 제2차 세계대전이 발발하자 히말라야 등반이 중단된다. 전쟁 후에는 히말라야 주변국의 정치적인 변화로 철의 장막에 갇혀버린 티베트가 1945년 이후 외국인들의 입국을 폐쇄한다. 또한 1950년 중국의 티베트 강점 이후 등반도 금지한다. 이로써 에베레스트에 이르는 유일한 관문이었던 북방 루트가 완전히 차단되고 말았다. 하지만 이에 맞서 그동안 쇄국정책으로 일관하던 에베레스트 남쪽의 네팔왕국이 외국 원정대에게 문호를 개방하자 영국, 스위스, 미국 등 산악 열강들이 에베레스트를 놓고 경쟁을 벌였다. 하지만 남쪽에서의 에베레스트 접근은 또 다른 새로운 시작이었다. 네팔 쪽의 지리와 그 밖의 사정은 각국 원정대 모두가 과문한 상태였기 때문이다.

또한 과거와는 달리 새로운 변화가 일기 시작한다. 그동안 영국의 독점 무대였던 에베레스트에 다른 나라 원정대들이 기회를 엿보기 시작한 것이다. 1950년 네팔 개방 후 남쪽에서 에베레스트에 접근한 최초의 팀은 찰스 휴스턴 Charles Houston이 지휘한 미국 정찰대였다. 찰스 휴스턴은 1936년 난다데비Nanda Devi와 K2를 시등한 인물이었고, 대원 중에는 1938년 영국 제7차 에베레스트 원정대장을 지낸

틸먼도 있었다. 그들은 남체 바자르Namche Bazaar를 지나 쿰부 빙하와 웨스턴 쿰Western Cwm으로 들어가는 루트를 정찰하고 철수했다. 이곳은 1921년 영국의 1차 정찰 때 맬러리가 북쪽에서 로 라Lho La(6,026m)에 올라 내려다본 그 아이스폴 지대였다.

미국 원정대의 에베레스트 도전은 수십 년 동안 이 산에 공을 들여온 영국의 입장에서 볼 때 불청객이나 다름없었다. 이에 자극받은 영국은 1951년 에릭 십턴이 이끄는 정찰대를 파견해 새 루트를 탐색했다. 이들이 쿰부 빙하에 이르렀을 때 제일 먼저 닥친 장애는 아이스폴 지대였다. 이곳은 1921년 맬러리가 북서쪽의 로 라에서 바라보고 통과 불능이라고 판단을 내린 곳이었다. 하지만 이들은 최초로 이곳을 돌파하는 데 성공했다. 빙하 상단의 거대한 크레바스 돌파는 실패했지만 남동릉의 사우스콜에 이르는 루트를 탐색한 후 철수했다.

같은 해 덴마크의 라르센K. B. Larsen이 비밀리에 에베레스트 단독 도전을 감행했다. 등반 경험이 부족했던 그는 셰르파 40명과 함께 쿰부 계곡을 거쳐 롱북으로 가던 중에 로 라가 있다는 것을 알고 그곳을 넘으려 했지만 실패하고, 초오유Cho Oyu 서쪽으로 가는 남파 라로 진로를 잡았다. 결국 그는 티베트로 몰래 잠입해 롱북을 지나 지난날 영국대의

3캠프까지 올라 노스콜을 노렸으나 거센 강풍을 이기지 못한 채 후퇴한 후 중국 관리의 눈을 피해 남체 바자르로 돌아왔다.

1952년 봄, 에두아르 비 뒤낭Edouard Wyss Dunant이 지휘하는 스위스 원정대는 네팔 정부로부터 영국보다 한발 앞서 봄과 가을 두 시즌의 등반허가를 받는다. 사정이 이렇다 보니 영국은 1953년으로 원정을 연기하면서 스위스대의 등반을 초조하게 지켜볼 수밖에 없었다. 영국의 입장에서는 그럴 수밖에 없었으니, 자기들이 30년 동안 독점해온 지구상 마지막 남은 탐험의 업적을 다른 나라에 빼앗길 절박한 처지에 놓이게 되었기 때문이다.

스위스 원정대는 그 전해 영국 원정대가 실패한 크레바스를 통과하고 웨스턴 쿰에 인류 최초의 족적을 남기며 사우스콜 진입에 성공한 후 남봉 아래까지 진입했으나 3일 동안 계속된 악천후로 정상 등정을 접을 수밖에 없었다. 당시 레이몽 랑베르Raymond Lambert와 텐징 노르가이가 도달한 지점은 8,595미터였다. 당시 기록은 제3차 영국 원정대가 북쪽 루트에서 기록한 8,573미터보다 22미터 더 높았다.

같은 해 가을 스위스 원정대는 재도전에 나섰다. 그들은 봄 시즌의 1차 원정에서 정상을 불과 250여 미터를 남겨두고 분패한 억울함을 씻기 위해서 도전의지를 불태웠다. 그들이 사우스콜로 향했을 때 셰르파가 낙빙에 맞아 죽는 참사가 일어나기도 했다. 2차 원정마저 실패할 경우 다음해에 있을 영국 등반대에 정상 등정을 빼앗길 것을 우려하며 가을 등반을 마지막 기회로 삼고 가브리엘 슈발리Gabriel Chevalley 대장을 비롯해 전 대원이 분투했다. 하지만 시속 60킬로미터의 강풍과 영하 30도의 추위 속에서 8,100미터를 돌파하지 못한 채 막을 내리고 말았다. 그러나 이들은 로체Lhotse 사면을 경유해 사우스콜로 오르는 루트를 개척했는데, 그 후 이곳은 노멀 루트가 되었다. 이것으로 스위스 원정대의 두 차례에 걸친 도전이 막을 내리자 초등의 기회는 다음해에 등반 허가가 난 영국 원정대로 넘어가게 되었다. 1953년 영국 원정대의 승리는 스위스 원정대의 루트 개척 성과 위에서 이루어진다. 후일 초등에 성공한 영국의 헌트 대장은 "영국 원정대의 성공은 한 해 전 스위스 원정대의 귀중한 경험이 도움이 되었다."라고 시인하는 것을 잊지 않았다.

같은 해 가을, 스위스 원정대가 두 번째 도전을 하고 있을 당시 구소련 원정대 40명이 북면에서 등반을 하고 있었다. 소련 팀은 1953년 영국대의 등반을 한발 앞지르기 위해 에베레스트를 공략했다. 소련 팀은 몇 차례 도전 끝에 8,200미터까지 진출했으나 대장 파웰 다츠놀리안Pawel Datschnolian

외 5명이 눈사태로 실종한 뒤 막을 내린다. 당시 소련은 실패한 이 등반 자체를 함구한 가운데 공식적인 발표를 피했다. 그리하여 초등의 영광은 바로 다음해 영국 원정대에 넘어갔다.

1953년 프레 몬순에 입산 허가를 받아 놓은 영국은 제9차 원정대를 에베레스트에 파견했다. 이 원정대는 존 헌트가 대장을 맡아 우수한 대원을 선발했으며, 고소 텐트와 침낭, 방한 의류, 등산화 등을 면밀하게 준비했고, 특히 중량이 가볍고 추위에도 강한 산소용구를 과학적으로 개량해 원정을 준비했다. 또한 이들은 등반 3주 전 쿰부 지역의 4,000~5,000미터에서 고소순응의 기간을 거치며 만반의 준비를 한다.

이들은 아이스 폴에서 사다리를 놓고 많은 물자를 단기간 동안에 웨스턴 쿰의 4캠프(6,800m)에 집결시킨 다음 로체 사면에 고정로프를 설치하고 캠프를 전진시켰다. 5월 26일 두 대원이 첫 공격을 시도했지만 실패했고, 5월 29일 8,350미터 지점의 9캠프를 출발한 힐러리와 셰르파 텐징 노르가이는 오전 11시 30분 드디어 최초로 세계 최고봉 정상에 오름으로써 인류의 오랜 숙원을 풀었다. 이로써 힐러리와 텐징 두 사람은 에베레스트 정상을 밟은 최초의 인간으로 영원히 기록되었다.

그로부터 4일 뒤 엘리자베스 여왕의 대관식이 열리던 날 아침 에베레스트 등정 소식이 영국에 전해졌다. 《더 타임스》는 그 소식을 대관식 날 아침 대서특필했고, 이후 에베레스트 등정의 공로로 힐러리는 기사 작위를 수여받았다. 인도, 네팔, 티베트 세 나라에서는 모두 텐징 노르가이를 국민적 영웅으로 반겼다. 텐징은 네팔 국민들의 산에 대한 무지와 미신과 두려움을 떨치게 했고 즐거움과 긍지를 심어주는 역할을 했다.

세계 최고봉 초등이라는 1953년 영국 원정대의 승리는 하루아침에 이루어진 성과가 아니다. 이것은 1921년부터 시작해 1953년까지 32년 동안 9차례나 도전한 끝에 이룩한 것으로, 그동안의 경험의 축적과 등반기술의 향상, 고소장비의 개선, 그리고 두 번에 걸친 스위스대의 실패를 거울삼은 점 등이 승리를 이룩하는 바탕이 되었다. 이는 에베레스트가 세계 최고봉으로 발견된 지 100년 만의 일이다. 그러는 동안 15명의 귀중한 목숨이 이 산에서 사라졌다.

힐러리와 텐징, 누가 먼저 에베레스트에 올랐을까?
—

에베레스트 초등에 성공한 텐징과 힐러리, 두 사람 중 과연 누가 먼저 정상에 첫발을 디뎠을까 하는 궁금증은 수년 동안 여러 사람들의 관심거리였다. 이 문제에 대해 두 사람은 한결같이 함께 올랐다고 한목소리를 냈지만 사람들의 궁금증은 가시지 않았다.

존 헌트 대장은 "두 사람은 한 팀으로 등반했으며 누가 먼저 정상에 올랐는가는 중요하지 않다."라고 원정대의 공식 입장을 밝히기도 했다. 힐러리와 텐징 역시 "우리는 함께 정상에 도착했다. 그 작업, 위험, 성공 모두는 우리 팀의 공유물이다. 팀 전체의 노력과 협동이 중요할 뿐 나머지는 무의미하다."라고 일관되게 주장했다.

영국 원정대의 이 같은 주장은 에베레스트의 승리가 원정대 전체가 총력을 기울여 얻어진 팀워크의 승리이지, 어느 개인의 힘만으로 이루어진 성과가 아니라는 점을 강조한 것이다. 역사가들 역시 이들의 팀워크를 존중해 두 사람이 동시에 정상에 올랐다고 기록하고 있다.

그러나 훗날 두 사람의 인터뷰 내용들을 종합해 보면 힐러리가 첫 등정자임이 분명하다. 어느 언론 매체와의 인터뷰에서 힐러리는 "누가 먼저 정상에 올랐는가는 중요하지 않다. 우리 두 사람은 어려운 문제를 함께 해결했을 뿐이다. 다만 내가 말할 수 있는 것은 남봉에서 정상까지는 내가 리드했다."라고 말했다.

텐징 역시 어느 언론 매체와의 대담에서 "우리는 정상에 거의 같이 도착했다."라고 말했다. 그러나 사람들은 '거의'라는 말이 뜻하는 바를 집요하게 추궁했다. 그에 대해 텐징은 "'거의'라는 말은 우리가 같은 로프를 묶고 '함께' 정상에 올랐다는 뜻이다. 누가 먼저 정상에 올랐는가 하는 질문은 매우 어리석다고 우리는 생각한다. 당시 우리는 30미터의 로프로 서로를 연결하고 여분의 로프를 손에 사려 들고 있었는데 둘 사이의 간격을 6미터 정도로 유지하면서 등반했다. 나는 힐러리를 옆에서 밀고 정상을 향해 전진했다. 천천히 꾸준히 전진했고, 힐러리가 처음 정상에 오른 다음 내가 올랐다."라고 말했다. 그의 말에 의하면 첫 번째 등정자는 힐러리, 두 번째는 텐징이었다. 그러나 역사는 이들을 1등과 2등으로 나누어 기록하지 않는다. 두 사람이 한 로프를 묶고 함께 정상에 섰다고 기록할 뿐이다.

1953년 5월 29일 오전, 텐징과 함께 에베레스트 정상에 오른 힐러리는 세 장의 사진을 찍었다. 훗날 그중 하나가 전 세계 신문과 잡지의 첫 장을 장식했다.

강풍에 날리는 깃발을 들고 서 있는 텐징의 사진은 에베레스트 도전 32년의 대미를 마무리한 유명한 사진이다. 텐징은 힐러리에게 카메라를 넘겨 달라는 몸짓을 했다. 승리의 순간 힐러리의 사진도 남겨야 한다고 생각했기 때문이다. 하지만 힐러리는 고개를 가로저으며 그의 제안을 거부했다. "진정한 영웅은 내가 아니라 미천한 신분으로 출발해 세계 정상에 선 텐징이다."라는 것이 그 이유였다. 결국 사진에 담긴 인물은 텐징뿐이었다. 아마도 에베레스트 등정 역사상 정상 등정자 중 정상 사진이 없는 유일한 사람은 힐러리밖에 없을 것이다. 이날 두 사람은 정상에 15분 동안 머물렀다. 정상에 선 텐징은 조용히 기도를 올렸다.

"투지 체이 초모룽마Thuji chhey, Chomolungma(감사합니다, 초모룽마)"

그리고 힐러리는 세계에서 가장 높은 '지구의 모신(母神)' 머리에 무례하게 소변을 보았다. 그는 레모네이드를 너무 많이 마신 탓에 어쩔 수 없이 불경죄를 저질렀다고 고백했다.

이날 찍은 에베레스트 정상 사진은 불가능에 대한 인간 의지의 값진 승리를 기록한 것이다. 이 사진 한 장 덕분에 우리는 반세기 전의 극적인 장면들을 바로 오늘의 일처럼 생생하게 보는 행운을 누리고 있다.

한국 77에베레스트의 멀고도 험한 길
—

우리나라는 김영도 대장이 이끄는 대한산악연맹 원정대의

고상돈과 셰르파 1명이 1977년 9월 15일 남동릉으로 올라 국내 최초의 등정을 기록하면서, 세계에서 8번째의 에베레스트 등정 국가가 된다. 그리고 등정자 순위로는 고상돈이 초등 이래 57번째가 된다.

한국대의 에베레스트 등정은 "우리도 하면 된다."라는 국민적인 자긍심을 심어주었고, 이 등정이 기폭제가 되어 히말라야 고봉 등반의 열기를 확산시킨다. 한국은 에베레스트 등정을 시작으로 1999년 칸첸중가 등정까지 22년 만에 히말라야 8,000미터급 고봉 14개를 완등했다.

1970년대 우리나라의 국력은 풍요롭지 못했다 산업사회로 첫발을 내딛는 초기 단계였다. 1억 3,000만 원의 엄청난 자금마련에 고심한 원정대는 입산허가를 얻는 데 3년이 걸렸고, 실제로 입산하는 데 4년을 더 기다렸으며, 원정훈련 중 3명의 대원이 눈사태로 희생되는 아픔을 겪기도 했다. 40년 전에 이처럼 갖은 우여곡절을 겪고 정상에 선 한국 원정대의 에베레스트로 가는 길은 멀고도 험했다.

등정주의에서
등로주의로

정상은 하나지만 그곳에 이르는 길은 수없이 많다. 같은 산일지라도 어떤 사람은 쉬운 길로 정상에 오르고, 어떤 사람은 더 어렵고 험난한 길을 선택한다. 이처럼 정상에 이르는 두 가지 등반 형식 중 전자를 등정주의登頂主義, 후자를 등로주의登路主義라 부른다.

등정주의란 오직 정상만을 목적으로 하는 등산을 말한다. '산의 최고점을 사냥peak hunting한다'는 뜻으로 정상에 선다는 의미를 갖는 등반 형식이다. 이런 형식은 18~19세기 중반 근대등산이 시작된 유럽 알프스 지역의 4,000미터급 고봉을 중심으로 성행한 시대의 산물로 초기 알피니즘의 목표이자 양식이었다.

1865년 마지막으로 남아 있던 미답봉 마터호른(4,478m)이 등정되자 알프스의 4,000미터급 고봉은 더 오를 곳이 없어졌다. 이 무렵 기존의 등정주의 형식 자체를 송두리째 흔드는 새로운 등반 형식인 등로주의가 탄생해 기존의 형식은 일대 전환기를 맞는다. 당시 많은 등반가들이 정상 등정 위주의 등반에 집착하고 있을 무렵 머메리라는 영국의 걸출한 등반가가 나타나 '보다 험난한 길을 뚫고 오르는' 등반 형식을 주창한다. 이른바 등로주의라 부르는 머메리즘 mummerism은 19세기 말 그에 의해 창시된 것으로, '보다 어려운 변형 루트more difficult variation route'로 오를 것을 주창한 등산정신이다. 그리하여 이는 오늘날까지 극한등반의 전범이 되었다. 머메리즘이 제창된 시기는 알프스의 4,000미터급 고봉들이 모두 초등되어 보다 발전적인 등반을 위한 새로운 좌표가 필요했던 시기였으므로, 머메리의 주장은 전 세계 산악계로 급속히 확산되었다.

　　두 세기 동안 이어져온 알피니즘alpinism의 역사는 한 마디로 등정주의에서 등로주의로의 변천사다. 근대등반의 근간을 이루고 있는 머메리즘이 탄생한 이후 알프스의 수많은 고봉의 암릉과 암벽에서는 보다 새롭고 어려운 루트들이 만들어졌고, 등반가들은 새로운 세계로 눈을 돌려 비로소 히말라야의 8,000미터급 고봉을 바라보게 되었다. 알프스 지역에서의 등반이 등정주의에서 등로주의로 발전한 것처럼 히말라야에서도 같은 과정을 밟으면서 변천했다.

1950년 인류가 최초로 오른 안나푸르나(8,091m) 등정에서부터 1964년 8,000미터급 고봉 14개 중 마지막으로 남은 시샤팡마(8,027m)가 모두 등정되기까지 14년 동안은 등정주의가 성행했다. 이 기간을 히말라야 등반의 황금기라 부른다. 이후 등반가들은 모험과 탐험의 본질적인 면을 추구하며 8,000미터 고소에서 새로운 길을 찾아 등로주의를 실현해나갔다.

히말라야에서 등로주의를 최초로 실현한 등반은 바로 1970년 영국대가 안나푸르나 남벽에 새 루트를 개척한 것이다. 이 등반을 높게 평가하는 또 다른 이유는 8,000미터급 고봉의 벽에서 신루트를 개척했기 때문이다. 안나푸르나 남벽 등반의 등반사적인 의미는 등정주의에서 등로주의로 전환하는 계기를 마련했다는 점이다. 영국의 크리스 보닝턴 원정대에 의해 이루어진 안나푸르나 남벽 등반은 바위와 눈과 얼음이 혼재한 수직 3,000미터의 벽을 돌파한 어려운 것이었다. 뒤이어 1975년 영국 원정대가 에베레스트(8,848m) 남서벽 등반에 성공했으며, 1990년 슬로베니아의 토모 체센이 로체(8,516m) 남벽 등에 잇따라 새로운 길을 열었다.

토모 체센은 20세기 최후의 난벽難壁으로 남아 있던 로체 남벽을 알파인 스타일로 혼자 도전해 히말라야 8,000미터 급 고봉의 벽 등반 시대를 장식한다. 이런 일련의 등반은 고산의 거벽에서 등로주의를 실현한 것이라 할 수 있다.

등로주의는 단순히 루트가 아니라 방법의 의미로 발전되어 에베레스트 무산소 등정, 단독 등정, 동계 등정, 연속 등정, 알파인 스타일 등정 등으로 이어진다. 1978년 라인홀트 메스너와 페터 하벨러는 무산소로 에베레스트를 등정해 산소 맹신의 장벽을 허물기도 했다. 연이어 같은 해에 메스너는 낭가파르바트(8,126m)를 무산소로 단독 등정해 세계 등반사적인 업적을 이룩했다. 1980년에는 폴란드 원정대가 에베레스트에서 최초로 겨울시즌 등정을 이룩했고, 1982년 메스너는 칸첸중가(8,586m), 가셔브룸2봉(8,035m), 브로드피크(8,047m) 등 자이언트 3개를 연속으로 오르는 해트트릭을 성공시켰다.

그동안 한국 원정대가 히말라야에서 이룩한 등로주의에 근접한 성과를 살펴보면, 1987년과 1988년 허영호가 무산소로 동계 에베레스트를 등정했으며, 1994년 경남산악연맹 원정대가 안나푸르나 남벽을 올랐고, 1995년 경남산악연맹원정대가 에베레스트 남서벽을 등반했다. 또한 2009년에는 박영석 원정대가 에베레스트 남서벽에 신루트를 개척한 바 있다.

이제 등로주의는 단순히 형식의 문제가 아니라 정신의 문제까지 포함하고 있다. 즉 등반에서 '고도보다는 오르는 과정의 태도'를 더 중시하게 된 것이다. 보편화되고 확실성이 보장된 쉬운 루트보다는 불확실성에 대한 도전과 극복을 전제로 기존의 길을 벗어나 불확실하지만 자신만의 길을 찾아 오를 때 진정한 의미의 등반이 시작된다는 것이다.

등산은 험난한 산을 상대로 벌여온 도전과 극복의 발자취다. 초기에는 정상 등정만을 목표로 해왔지만 지구상에 미답봉이 없어진 오늘날에는 산을 상대로 한 인간 한계 극복의 행위로 변천해가고 있다. 앞으로도 세계 고봉과 거벽에서는 인간 한계를 극복하려는 시도가 끊임없이 이어질 것이며, 등로주의에 바탕을 둔 등반의 전문화가 더욱 심화될 것이다. 물론 지금 세계 등산계의 추세가 새로운 방식의 등로주의를 지향하고 있지만, 등정주의와 등로주의 두 가지 방식 중 어느 하나를 선택하느냐의 문제는 각자 자유의사에 의해 결정될 문제다.

등정조작,
성과주의가 낳은 부작용

2007년 말 한 등산 전문잡지가 한국 실버원정대의 에베레스트 등정 의혹을 제기해 걷잡을 수 없는 파장이 일어났다. 한국 에베레스트 초등 30주년을 기념해 60대 이상 고령 산악인들로 꾸려진 이 원정대는 김성봉 대장이 정상 등정에 성공한 것은 분명했으나, 다른 한 명의 등정이 의혹의 진원이 되었다.

우리나라 해외 고봉 등정 역사는 첫 걸음부터 등정 의혹을 안은 채 시작됐다. 고산등반의 여명기라 할 수 있는 1970년 세계 최초로 추렌히말(7,371m)에 등정했지만, 뒤이어 오른 일본 원정대에 의해 등정 의혹이 제기되어, 쌍방이 공방만 거듭하다가 의혹을 매듭짓지 못한 채 끝이 났다. 또한 1983년 12월 한 한국 여성이 안나푸르나 겨울시즌 초등에 성공했으나, 수년 후 폴란드의 유명 산악인 쿠쿠츠카의 자서전에서 등정 의혹이 제기돼 개운치 않은 여운을 남겼다. 이 책에서는 세르파들의 폭로를 막기 위해 돈을 주었다는 이야기마저 언급되고 있다.

그런가 하면, 1995년 말 경남의 한 젊은 산꾼은 자신이 이룩한 등정 사실을 부인하는 폭탄발언을 해 파문을 일으킨 일도 있다. 그는 1989년 초오유를 한국 최초로 무산소 등정해, 당시 정부가 수여하는 포상과 한국인 최초의 등정자라는 영예까지 얻었다. 그러나 그가 오른 초오유 정상 사진에는 맑은 날씨임에도 불구하고 정상 남쪽에 위치한 에베레스트가 보이지 않아 의혹이 일기 시작했다. 그러자 그는 어느 잡지와의 인터뷰에서 등정 사실이 거짓이었다고 양심선언을 했다. 그의 양심선언은 히말라야 8,000미터급 고봉 14개를 모두 등정한 것 이상의 신선한 충격을 주었다.

이러한 등정조작은 등산의 성과주의가 낳은 부작용이다. 등산에서 정상에 오르는 것은 중요한 일이 아니다. 그보다는 자신과 남을 기만하는 도덕성의 상실이 더 큰 문제일 수 있다.

등정조작은 비단 우리나라에만 해당되는 문제는 아니다. 사실 등정조작은 우리나라보다는 외국이 한 수 앞서 있다.

북미 최고봉 데날리 초등 조작극은 이 산의 이름마저 바꾸어놓을 뻔한 등정 사기사건이다. 1906년 미국인 프레데릭 쿡이 데날리를 등정했다고 발표하며 정상에서 찍은 가짜 사진을 증거로 내놓았을 뿐만 아니라,《대륙 꼭대기까지》라는 책까지 펴냈다. 그러나 등정 의혹이 제기되며 세상이 시끄러워지자 어느 유력 일간지에서는 이 산의 원래 이름인 데날리Denali를 부정이라는 의미의 '디나이얼Denial 산'으로 바꾸어 부르자고 말하며 강하게 비난하기도 했다. 그 후 1913년 스턱과 카스턴스에 의해 이 산이 초등되면서 쿡의 거짓 등정이 만천하에 밝혀졌다. 쿡이 정상에 오른 증거라며 찍어온 사진이 데날리의 한 낮은 봉우리였다는 것이 스턱에 의해 밝혀지자 말썽 많던 쿡의 등정 사기극은 마침표를 찍었다.

일반적으로 정상 등정을 증명하는 데는 세 가지 방법이 있다. 첫 번째는 가장 보편적이고 확실한 것으로 사진을 찍어 공개하는 방법이다. 두 번째는 목격자가 등정 사실을 증명해주는 방법이다. 그러나 이 방법은 돈으로 매수한 사람을 목격자로 할 수 있어 신뢰성이 없다. 마지막 세 번째는 등정자가 정상에서 다른 사람이 놓고 온 증거물을 회수해오거나 증거물을 놓고 오는 방법이다. 이 방법은 후등자가 먼저 올라간 사람과 자신의 등정을 함께 입증할 수 있는 방법이다.

북미 최고봉 데날리를 등정할 당시 스턱은 초등 당시 정상에 온도계를 놓고 왔는데, 이 온도계는 19년이 지난 1932년 이 산의 정상에 오른 스트롬과 리크에 의해 회수되었다. 이처럼 정상에 놓고 온 증거물을 뒤에 오른 등정자가 회수해 의혹에서 벗어난 극적인 경우도 여러 차례 있었다.

1953년 낭가파르바트를 단독 초등한 헤르만 불은 사진에 찍힌 티롤 깃발이 달린 피켈을 정상에 버려둔 채 하산해 등정 의혹을 증폭시켰으나 전문가들의 사진판독으로 의혹을 풀었다. 하지만 그를 싫어하는 몇몇 사람들은 지속적으로 그를 괴롭혔다. 헤르만 불이 정상에 남겨놓고 온 이 피켈은 46년이 지난 1999년 일본 노동자연맹원정대의 이케다 다케히도가 발견해 헤르만 불의 단독 초등 증거물로 인정받았다. 또한 1972년 라인홀트 메스너는 함께 오르던 동료 2명이 눈사태로 사망한 후 마나슬루 남면에 새로운 길을 뚫고 단독으로 정상 등정에 성공했으나 사진을 찍을 수 없게 되었는데, 1956년 일본대의 이마니시가 초등 당시 정상역층 바위에 박아 놓은 하켄 2개를 회수해 내려와 등정 사실을 인정받기도 했다.

8,000미터급 고봉 14개를 메스너에 이어 두 번째로 완등한 예지 쿠쿠츠카도 한때는 등정 의혹에 휘말린 적이 있었

다. 1981년 그는 마칼루를 단독 등정했으나 정상 사진이 없어 등정을 인정받지 못했다. 네팔 정부 연락장교가 "어떻게 그렇게 큰 산을 혼자 오를 수 있느냐?"라고 모함하기도 해 그는 혹독한 시련을 겪었다. 이 일로 그는 네팔 관광성에 불려갔는데 그들은 연락장교에게 돈을 주고라도 화해할 것을 권했다. 그러나 쿠쿠츠카는 이를 거절했다. 1년 뒤인 1982년 한국의 허영호가 마칼루에 올라 정상 바위틈에서 무당벌레 마스코트를 회수해 이를 네팔 관광성에 보고했다. 이 마스코트가 그 전해 쿠쿠츠카가 정상에 놓고 온 증거물로 확인되면서 그는 등정 의혹에서 풀려날 수 있었다.

상업등반의 명암

히말라야 고산등반도 이제는 아웃소싱 시대다. 예전처럼 스스로가 원정을 준비하고, 체력과 기술을 연마하는 것이 아니라, 일정 비용만 지불하면 기술적인 문제도 해결해주고, 기상 조건만 좋다면 정상까지 오르는 일을 돈의 힘으로 해결하는 시대가 온 것이다. 돈으로 정상을 살 수 있는 기회가 점차 넓어지고 있는 것이 현실이다.

정상까지는 일정한 금액의 참가비만 내고 잘 닦여진 길을 따라 대행업체 셰르파의 도움을 받아 오르면 된다. 진정한 의미의 히말라야 등반은 고도보다 태도가 중요하다고 역설하지만 에베레스트와 몇몇 8,000미터급 산에서만은 예외가 되었다. 이처럼 일정한 대가를 받고 8,000미터급 고산의 등정을 원하는 고객들에게 등반을 상품으로 판매하는 것을 상업등반이라 한다. 상업등반은 해외에서는 이미 보편화된 지 오래다. 고산 등정을 원하는 사람들의 수요가 급증하고, 등반기술과 경험을 팔아 돈벌이 수단으로 삼으려는 가이드들의 생각이 맞아떨어진 결과다. 에베레스트의 경우 35,000달러의 참가비만 지불하면 대행업체가 정상에 오르는 티켓을 제공한다.

상업등반대의 출현은 8,000미터급 고봉 등정을 희망하는 사람들에게 기회를 제공했다. 그리고 고객의 수요가 점차 급증해 성업 중이다. 네팔의 수도 카트만두에는 8,000미터급 고봉 투어를 기획하는 상업등반 회사가 100여 개에 달한다고 한다. 이와 같은 상업등반대는 돈과 약간의 기본기만 갖춘 사람들에게는 기회일 수 있으나, 기술적으로 미숙한 고객을 무리해서 정상에 올리려는 그릇된 방식은 결국 치명적인 부작용을 낳기도 한다. 그러나 상업등반은 여러 차례의 참사에도 불구하고 그 수요가 점차 늘어나고 있는 것이 현실이다.

히말라야 8,000미터급 고봉에서 본격적인 상업등반이 시작된 것은 뉴질랜드의 롭 홀Rob Hall과 게리 볼Gary Ball이 설립한 어드벤처 컨설턴츠Adventure Consultants가 1992년 5월 12일에 9명의 고객을 에베레스트 정상에 올린 것을 효시로 보고 있지만, 그 기원은 7대륙 최고봉 등정의 일환으로 1985년 4월 에베레스트에 오른 미국의 딕 베스에서부터 시작되었다. 그는 전문등산가가 아니라 전문경영인이었다. 이 때문에 딕 베스는 노르웨이 등반대장 아르네 네스에게 75,000달러의 참가비를 내고 안내인 데이비드 브리셔스와 동행해 정상에 올랐다. 당시 노르웨이 등반대는 단일팀 사상 최고인 17명이 등정에 성공했다.

1986년 스위스의 아이제린 스포츠에서 모집한 최초의 상업등반대가 9월 25일 남봉까지 도달해 상업등반의 가능성을 실증했고, 그로부터 4년 후인 1990년 가을, 미국과 프랑스의 상업등반대가 에베레스트 등정에 성공했다. 이때 많은 인원이 등정에 성공해 본격적인 상업등반 시대를 열었다.

1990년대는 상업등반대가 더욱 활발히 활동했다. 초기에는 거의 네팔의 남쪽 루트를 선택했다. 티베트 쪽 루트를 통한 최초 상업등반대는 1994년 봄 미국의 에릭 시몬슨Eric Simonson이 이끈 것으로, 5월 19일부터 31일까지 4차례나 정상 등정에 성공해 상업등반의 가능성을 실증했다. 이후 1994년 5월, 한 상업등반대가 티베트 쪽 북동릉 루트는 40,000달러, 네팔 쪽 동남릉 루트는 60,000달러의 요금을 책정하고 광고를 시작했다. 그 결과 수많은 상업등반대가 에베레스트의 남쪽과 북쪽에서 등반을 시도했다.

1996년 5월, 전 세계를 놀라게 한 사고가 일어났다. 에베레스트에서 8명이 떼죽음을 당한 것이다. 대행업체의 무리한 운영이 빚어낸 결과였다. 이날의 사고는 남봉을 지나 정상 직전에 있는 힐러리스텝에 많은 인원이 한꺼번에 몰려 올라가고 내려오면서 장시간을 기다리는 정체 상황 속에서 일어났다. 기상이 급변한 가운데 눈보라가 몰아닥치자 고소증세와 체력저하로 탈진 상태에 이른 사람들의 탈출이 늦어진 것이다. 이날의 비극은 강한 폭풍설도 문제로 지적할 수 있으나 상업등반대의 무리한 운영이 더 큰 참사를 초래했다는 의견이 우세하다. 이 사고로 4개 팀의 고객과 가이드, 셰르파 등 8명이 목숨을 잃었다. 우체국 직원부터 의사, 백만장자에 이르기까지 다양한 계층의 사람들이 상업등반대의 고객으로 희생되었다. 더그 한센이라는 미국의 우체국 직원은 등정의 꿈을 이루기 위해 밤낮을 가리지 않고 일하며 모은 돈 전부를 털어 상업등반대에 줬지만 그 결과는 참혹했다. 돈을 주고라도 정상에 오르고 싶어 했던 간절한 소망이 그들을 죽음으로 몰아간 것이다. 이 사건은 에베레스트 상업등반의 심각성을 널리 알리는 계기가 되었다. 당시 죽음의 현장에서 극적으로 탈출한 존 크라카우어가 〈아웃사이드〉지에 이 사고에 관해 생생한 르포기사를 싣자 전 세계는 경악했다. 그는 이때의 참상을 엮어 《희박한 공기

속으로 Into Thin Air》라는 책을 출간했다. 이 책은 출간 즉시 베스트셀러로 화제가 되었으나, 역설적으로 상업등반대를 세상에 알리는 홍보효과를 가져오기도 했다.

현재의 상업등반대는 크게 두 가지 방식으로 볼 수 있다. 상업등반대에 소속된 가이드가 고객을 정상까지 안내해 등정까지 시켜주는 방식과 정상 등정에 필요한 식량과 산소 등의 보급품과 셰르파, 그리고 캠프를 제공하고 정상 등정은 고객이 알아서 하는 방식이 그것이다. 하지만 점차 정상까지 안내해주는 방식으로 변하고 있다.

이와 같은 상업등반을 바라보는 전문산악인들의 시각은 다양하다. 유명 산악인 찰스 휴스턴은 "이제 알피니즘은 순수영역을 벗어나 영업행위가 되었고, 어떤 사람에게는 돈벌이만이 관심사가 되었으며, 이런 영업은 위험이 많을수록 수입이 좋아진다."라며 일침을 놓았다. 또한 에베레스트를 네 차례나 오른 유명 가이드 피터 애선즈는 "상업등반대에 참가한 고객들은 자기가 지불한 참가비로 정상 등정의 티켓을 샀다고 생각한다. 마치 스위스에서 등산열차를 타고 융프라우요흐(Jungfraujoch, 3,454m)에 오르는 티켓을 구입한 것처럼 에베레스트 정상까지 수월하게 올라갈 수 있다고 생각하는 데 문제가 있다."라고 지적했다. 등산의 전통과 순수성을 고집하는 산악인들은 "에베레스트가 돈 많은 부자들에게 팔리고 있으며, 세계 최고봉이 상업주의로 오염되고 있다."라고 개탄한다.

상업등반대의 출현은 세계 최고봉 등반이 팀 등반에서 개인의 자아실현으로 변질되고 있음을 의미하기도 한다. 봄마다 100~200명에 달하는 많은 사람들이 히말라야를 오르고, 매년 최고령 등정자 기록이 갱신되는 것은 상업등반대가 있기 때문에 가능한 일이다. 이렇게 보면 상업등반대가 히말라야 등반의 대중화라는 긍정적인 면을 지니고 있다고 볼 수도 있지만, 많은 사람이 몰려 대형 조난의 위험이 높아지는 부정적인 측면을 절대 간과할 수 없다. 이를 입증하듯 1996년의 대형 참사 후 바로 1년 뒤 가이드와 함께 등반길에 오른 5명 전원이 사망한 일이 또 일어났다. 그리고 10년 후인 2006년 봄에도 역시 수많은 사람이 사망한 사고가 이를 실증하고 있다. 뿐만 아니라 2012년 5월에도 많은 사람이 한꺼번에 몰려 정체를 빚은 결과 남측에서 4명, 북측에서 2명이 목숨을 잃었다.

이렇게 사고가 끊이지 않는데도 상업등반이 계속해서 성장하는 이유는 무엇일까? 첫째, 구소련의 해체로 소련 공군이 사용하던 다루기 쉽고 가벼운 효율적인 산소통이 민간용으로 전용되어 에베레스트 등반에 사용된다는 점이다. 둘째, 안정성이 우수한 소련군의 대형 헬리콥터가 히말라야에서 활약하기 시작했기 때문에 접근과 물자수송이 용이해졌다는 것이다. 셋째로는 강력한 셰르파의 헌신적인 지원. 넷째로는 계산된 고도순화, 그리고 마지막으로 인터넷의 일반화로 정확한 기상예보를 쉽게 수신할 수 있게 된 점 등을 꼽을 수 있다.

이러한 배경으로 논란의 여지를 안고서도 여전히 상업등반은 성업 중이다. 돈과 어느 정도의 기본기만 갖추고 있다면 언제든 정상에 오를 수 있는 것이다. 이제 세계의 지붕 히말라야는 산악인들의 꿈을 실현시켜주는 성소聖所나 신의 땅이 아닌 관광지로 점차 퇴락해가고 있다.

한국 최초의
산악단체들

한국 근대등산의 태동기인 1920~1930년대에 한반도에서 발족한 초기 산악단체들로는 조선에 거주하는 일본인들이 1931년 10월에 창립한 조선산악회와 1933년부터 '물에 산에'라는 이름으로 활동하다 1937년 4월 학교의 공식 승인을 받아 설립된 양정중학교 산악부가 있다. 또한 1937년 한국인들이 조직한 백령회와 1938년에 설립된 보성전문학교 산악부가 있다. 이처럼 한반도에서 가장 먼저 발족된 산악단체는 1931년 일본인들이 설립한 조선산악회가 유일한 것처럼 알려져 왔으나, 최근 눈에 뻔적 뜨일 만한 새로운 자료들이 발굴되어 초기 한국등산사를 새롭게 조명할 수 있게 되었다.

1928년 2월 2일자 동아일보 기사를 보면 일본 문부성이 그들의 식민지 한국의 학교에 새로운 스포츠인 등산을 권장하고 있다. 그들은 학생들의 체력 향상을 목적으로 등산을 장려했으며, 특히 체육 활동의 이론적 지도강습회를 동년 4월 10일부터 7월 14일까지 동경체육연구소에서 실시하는 한편, 특히 여러 종목 중에서 수영과 등산, 운동장 설계 등의 새로운 과목을 추가한다는 기사도 실려 있다. 이는 질 높은 등산 활동을 위해 지도교사를 상대로 강습회를 실시했음을 알게 해주는 기사다. 일본 문부성의 이런 방침이 각 학교로 하달된 후 등산부가 설립되었고, 동아일보에서는 관보형식으로 각급 학교의 운동 부서를 소개하고 있다. 이는 새로운 스포츠인 등산이 일본에서 한국으로 보급되는 경로를 파악하는 데 중요한 자료가 되고 있다.

1928년 6월 6일과 7일 양일에 걸쳐 동아일보 지면에 소개된 중등학교 이상의 각 학교 등산부를 살펴보면 배재고등학교, 경신고등학교, 세브란스 의학전문학교가 등산부를 두고 지도교사와 교수들이 학생들의 등산 활동을 지도하고 있었다는 사실을 확인할 수 있다. 야구부 외에 7개 운동부를 둔 배재고등학교는 지도교사 김동혁이 등산부를 지도했고, 경신고등학교는 9개의 운동부 중 김교문과 전영을 두 교사가 등산부를 지도했으며, 세브란스 의학전문학교는 야구부 외

10개 운동부를 두고 등산부에는 문창호, 오한영, 김은식 등의 담당 지도교수들이 등산 활동을 지도했다.

현재의 연세대학교는 세브란스 의학전문학교와 연희대학이 1957년에 통합한 학교로 1928년에 설립된 세브란스 의학전문학교 등산부의 설립연도를 계승한다면 등산부의 나이가 86년이 되는 셈이다. 그동안 연세대학교 산악부는 산악부 창립연도를 1954년으로 알고 60년사 발간을 준비하던 중 이와 같은 사료를 발굴해냈다. 역사는 사실의 기록이므로, 이제라도 역사를 바로잡을 수 있는 계기가 마련된 것은 다행스러운 일이라 아니할 수 없다. 연세대학교산악회는 회사(會史) 편찬을 위해 교내 박물관에서 1930년대 활동자료를 발굴하여 당시 산악단 학생들의 활동상황을 알게 되었다.

이번에 발굴된 자료는 연세대학교, 배재고등학교. 경신고등학교 산악부 자체의 경사일 뿐만 아니라 한국등산사 정리의 단초를 제공했다는 점에서 한국 산악계 전체의 경사이기도 하다. 한국의 산마다에 서려있는 이들 학교 산악부의 80여 년 맥락이 오늘날 한국 산악계의 밑바탕이 되고 있다.

1930년대 연희전문학교와 세브란스 의학전문학교 활동자료를 보면, 이 학교는 학생들의 체육 활동을 장려하기 위해 산악단을 위시하여 축구단, 야구단, 농구단, 육상단, 씨름단, 배구단, 수영단, 빙상 경기단, 수상 하키단, 유도단 등 14개단을 운영하며 생도들의 체육 활동을 장려하고 전조선 全朝鮮 규모의 각종 대회를 개최했다.

《연희전문학교 상황보고서》의 체육 활동 상황기록을 살펴보면 산악부 초기에는 산악단이라는 명칭을 쓰고 있었다. 이 기록에 의하면 산악단이란 명칭은 1930~1935년까지 5년간 사용되었으며, 이후 1936년부터 산악부로 개칭하였다.

연희전문학교 산악단의 활동상황을 살펴보면 1931년 7월 13명의 대원이 제주도 한라산을 등산했다. 당시 신문기사를 보면 고적명승지 역사탐구를 겸한 원지방遠地方 등산여행을 했고, 귀로에는 여수에서 고적명승지를 답사하는 등산과 문화사적지탐방 형식의 등산을 했다.

1936년 8월에는 산악부원 7명이 남한산성을 등산했고, 1938년 7월 16일부터 8월 3일까지 한라산, 지리산, 금강산 등 삼신산三神山을 정복하고 귀경한다. 이때의 등산은 대원 6명을 2개 반으로 나누어 제1반은 윤홍기 외 3인이 서울-목포-한라산-여수-구례-지리산-삼천포-부산-경주-포항-강릉-양양-고성-금강산을 경유한 후 귀경하는 대장정이었다. 제2반 2명은 내장산-지리산-한라산-금강산을 등반하고 합류한다. 삼신산이란 중국 전설에 나오는 봉래산蓬萊山, 방장산方丈山, 영주산瀛洲山을 아울러 이르는 말로 신선이 내려와 살았다는 중국의 산을 본떠 금강산을 봉래산, 지리산을 방장산, 한라산을 영주산에 빗대어 일컫는 말이다.

1939년 연희전문학교 졸업앨범에 듈퍼지츠Dulfersitz 방식으로 암벽에서 하강하는 모습의 사진도 실려 있는 것으로 보아 가벼운 암벽등반도 했음을 확인할 수 있다.

세브란스 의학전문학교 산악부는 1936년 7월 10~31일 사이에 최영태 외 6명이 태백산과 금강산을 등반했고, 1937년 7월 2개조로 나누어 1조는 오대산과 장백산을 등반했으며, 2조는 태백산, 설악산, 오대산, 장백산, 한라산을 등반하면서 한편으로는 산간마을의 산촌위생 실사를 병행했다. 1938년에는 이덕호, 장재현, 방현 등 7명이 함경북도의 '조선 알프스'라 부르는 관모연봉冠帽連峰(2,541m)을 여름철에 등반했다.

관모연봉은 백두산 최고봉을 제외한다면 사실상의 제2위의 고산군이다. 관모연봉을 '조선 알프스'라 명명한 사람은 1926년 관모주봉을 초등한 일본인 사이토다. 그는 초등 기록을 《조선 산악연보》에 발표한 바 있다. 관모연봉을 완전히 종주한 사람은 1931년 조선산악회 창립 멤버인 이야마飯山達雄 일행이다.

연희전문학교는 1915년에, 세브란스 의학전문학교는 1885년에 설립한 학교로 초기에는 두 학교가 별도로 등산활동을 했다. 세브란스 의학전문학교 등산부 활동기록은 학교 자료 외에도 다른 기록에서도 발견되고 있다.

두 학교 모두 산악부 설립 초기에는 학술답사를 겸한 탐승형식의 등반을 주로 했으니, 이는 시대적 상황의 반영이기도 했다. 근대 알피니즘의 발원지인 유럽에서도 산에 오르게 된 최초의 동기가 지적 호기심을 충족하기 위한 과학자와 문사들의 지질과 빙하 연구, 즉 탐사형식이었던 것과 같다.

1930년대는 한반도에서 문사들에 의한 고산탐사 등산이 활발하게 이루어지던 시기였다. 당시 등산의 대중계도에 동아일보, 조선일보 등 언론사에서 등산운동의 대중보급과 저변확대에 주도적인 역할을 하면서 육당 최남선, 민세 안재홍, 노산 이은상, 호암 문일평, 교육자 황욱 등 쟁쟁한 문사들이 백두산, 묘향산, 설악산의 구석구석을 탐사하고, 역사와 지리, 문화 등을 소개하는 탐사 산행기를 지면을 통해 보도하면서 대중계도에 많은 영향을 끼쳤다.

육당의 《백두산 관참기》, 민세의 《백두산 등척기》, 노산의 《묘향산 유기》와 《설악행각》이 그런 예다. 한국 근대 등산운동의 태두격인 고 김정태는 이 시기를 '기록적인 탐사

등산 시대'라고 정의하면서 문사들이 한국 근대등산 발전
에 선구적인 역할을 했다고 평했다. 당시 학생들의 학술탐
사적인 등산형식은 이런 시대정신과의 만남이었다.

토왕성 빙폭,
꿈을 키워 주는 무대

1977년 국내 산악계의 최대 사건은 두 가지로 요약할 수 있다. 그 첫째가 한국 원정대의 에베레스트 국내 초등이고, 둘째는 토왕성 빙폭 초등이다. 토왕성 빙폭은 1977년 1월 12일 크로니산악회의 박영배, 송병민에 의해 국내 최초로 완등되었다. 이때의 완등은 두 사람이 목숨을 걸고 이루어 낸 사투의 대가였다.

초등 당시 등반에 소요된 날짜는 12일이었으며, 실제 등반에 소요된 시간은 하단 4시간, 상단 19시간이었다. 등반방식은 70여 개 이상의 아이스하켄을 이용한 인공등반이었다. 초등 당시 고드름 빙질에서 적응도가 높았던 장비는 모래내금강(등산장비제작소)에서 제작한 바르트혹wart hog과 그 곳의 김수길 대표가 설계해 제작한 해머와 블레이드를 겸비한 다기능의 '토왕성 피켈'이었다.

초등 당시 후등자인 송병민은 선등자가 실수로 로프를 놓쳐버린 상황 속에서 심야의 수직 빙폭에 홀로 고립된다. 그는 살기 위해 선등자의 로프 확보 없이 밤새 단독으로 사투를 벌이면서 절체절명의 위험 속에서 초등의 최후를 장식하는 극적인 단독등반을 마무리한다. 그리하여 그는 토왕폭 최초의 프리솔로free solo라는 기록도 얻는다.

토왕성 재등은 초등 13일 후인 1977년 1월 25일 부산 합동팀의 권경업, 김원겸, 김문식에 의한 하단 1박 2일, 상단 4박 5일의 등반이었다. 토왕성 초등은 국내 빙벽등반의 성장을 입증한 결과이며 수직의 빙벽에서 프런트포인팅 기술에 대한 확신과 국산장비의 우수성을 보여준 결과였다.

이 등반이 기폭제가 되어 수직의 빙벽등반이 한층 더 활기를 띠게 되었으며, 그 결과 그동안 난제로 미루어왔던 미등의 빙폭으로 그 열기가 이어진다. 1985년 1월에는 국내 빙폭의 최후 난제로 불리던 설악산 대승폭의 철옹성이 무너지고, 1988년 12월에는 높이는 낮지만 보다 어려운 소승폭이 초등되면서 빙폭 초등의 황금기를 맞게 된다. 이런 일련의 등반들은 국내 클라이머들의 기량과 경험을 한층 더 높여주는 계기가 되었으며, 토왕성의 완등으로 한국 빙벽등반은 성장의 전환점을 마련하게 된다.

한국에서 빙벽등반이 처음 시작된 것은 1935년 1월 금강산의 비봉폭포에서였다. 원로 산악인 김정태, 엄흥섭이 경사 55~60도의 빙폭 60미터를 발판을 깎아 얼음계단을 만드는 스텝커팅 방식으로 오르는 데 무려 4시간이 걸렸다. 이렇게 시작된 한국의 빙벽등반은 87년이 지난 지금 그 기량이 세계적인 수준으로 성장했다.

이쯤에서 한국의 빙벽등반이 걸어온 성장의 발자취를 시대적 특성에 따라 살펴볼 필요가 있다. 1971년부터 1975년까지는 새로운 체계의 빙벽등반 기술이 국내에 도입된 시기로 신기술의 정착 및 보급기라 할 수 있다. 1971년 프랑스 국립스키등산학교ENSA에 파견된 연수훈련대가 프랑스와 독일, 오스트리아식 기술을 전수받아 종래의 스텝커팅 방식에서 탈피한 새로운 기술이 정착되는 기술체계의 전환기를 맞았다. 이후 토왕성 빙폭이 초등되는 1977년까지는 국내 수직 빙벽등반이 개막된 시기로, 이때의 특징은 프렌치 테크닉에서 실용성 높은 프런트포인팅 시대로 전환한 것이다.

이후 1975년 2월 어센트산악회의 김재근이 9시간의 고투 끝에 전장 60여 미터의 구곡폭포를 국내 최초로 직등에 성공해 수직 빙벽등반의 새로운 장을 열었다. 이 폭포는 고도차에서 토왕성에 비할 바가 못 되지만 고드름 층의 결빙 상태와 낙수 등 여러 가지 조건이 토왕성과 유사해 국내 최장의 토왕성 빙폭 등반의 가능성을 제공하는 계기가 되었다. 1976년 1월에는 동국대 팀이 7박 8일에 걸쳐 토왕성의 하단을 등반하는 등 본격적인 수직 빙벽등반의 시대로 돌입했다.

1980년대에 이르러서는 토왕성 등반이 1시간대로 단축되고 종전의 인공등반 방식에서 탈피하여 빙벽등반의 프리화 시대를 열게 되었다. 또 등반시간이 점차로 단축되는 경향이 나타났으며, 새로운 경향의 등반스타일과 기록들이 쏟아졌다. 로프 없이 등반한 후 전장 300여 미터를 클라이밍 다운하는 단독등반과 야간등반, 1일 3회 연속등반, 1시간대의 단축기록도 탄생했다. 장비의 발달, 등반 기술과 체력의 향상으로 이제는 클라이머들의 단순 시험무대가 아닌 색다른 기록 경연장으로 변해가고 있는 것이 토왕성 등반의 현주소가 되었다. 그러나 300여 미터의 고도차 극복과 낙빙, 낙수, 고드름 층의 까다로운 빙질 등 이 빙벽에 처음 도전하려는 클라이머들에게는 아직도 도전의 대상이자 자기 시험무대인 것만은 분명한 사실이다.

토왕성이 초등된 지 44년, 국내 최장의 높이를 지닌 빙폭이라는 상징성 때문에 그동안 수많은 도전이 이루어졌고,

수차례나 목숨을 잃는 사고가 일어났지만, 이 빙폭은 아직
도 도전의 꿈을 키워 줄 수 있는 무대로 남아 한국 빙벽등반
의 상징으로 회자되고 있다.

3장

알피니스트,
자신만의 길을
만들다

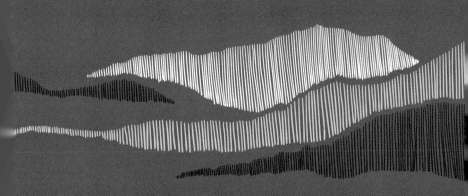

가브리엘 로페,
알프스를 화폭에 담다

내 서재 벽면에는 메르드글라스 빙하 위에 기둥처럼 우뚝 솟아 있는 드류가 구름에 감겨있는 그림 한 장이 걸려있다. 찜통더위 속에서 이 그림에 눈길을 주면 한여름의 무더위가 가실 정도로 청량감을 느낀다. 이 그림은 프랑스의 유명 산악화가 가브리엘 로페Gabriel Loppé의 '메르드글라스 크레바스와 드류'라는 이름의 유화다. 내게는 드류에 대한 잊지 못할 추억이 하나 있다.

2008년 8월 코오롱등산학교 강사 팀이 드류에 올랐다. 등반 첫날 비박지에서 번쩍이는 섬광과 밤새도록 으르렁거리는 낙뢰의 공포 속에 갇혀 있다가 다음 날 새벽에 허둥대며 철수하던 기억이 떠오른다.

최근 몇 년 사이 여름휴가를 이용해 근대등산의 메카인 알프스의 몽블랑을 찾는 산악인들이 늘어나고 있다. 얼마 전 알프스 등반을 마치고 돌아온 등산학교 제자가 "선생님 만년설 덮인 알프스의 빙하를 선물로 드립니다. 이 그림을 즐기면서 시원한 여름 보내시기 바랍니다."라며 귀국 선물로 로페의 그림인 전시회 포스터를 들고 왔다. 산악화가 로페는 우리나라에서는 산악인과 미술인들 모두에게 여전히 낯선 존재이지만 알프스 등산의 황금기에 활동했던 그는 유럽에서는 널리 알려진 산악화가다. 이 그림을 받고 난 뒤 알게 된 사실이지만 로페는 알프스 등산의 황금기를 빛낸 에드워드 윔퍼와 《유럽의 놀이터》를 저술한 평론가 레슬리 스티븐과 친교를 나누며 등산을 함께한 프랑스의 유명 산악화가였다.

가브리엘 로페는 사실주의 화가이자, 사진가이며 알피니스트다. 일반적으로 알프스 산악화가라면 세계에서 독보적인 위치를 차지하고 있는 이탈리아의 지오바니 세간티니를 떠올리지만, 그는 등산을 직접 하면서 알프스 풍광을 화폭에 옮긴 화가는 아니다. 반면 로페는 화구를 짊어지고 3,000미터급 고산에 올라 알프스의 아름다움을 화폭에 담거나 사진으로 찍어 작품을 만든 화가다. 이는 이전에 어느 화가도 시도하지 못했던 일이다. 그는 많은 시간을 산에서 보냈고, 때로는 여러 날 동안 낮과 밤을 가리지 않고 산중에서 지내며 다양한 기상조건에서 일출과 석양 등 대기의 환상적인 빛에 대해 공부했다.

그는 레슬리 스티븐과 몽블랑 정상에 올라 화구를 펴놓고 그림을 그렸으며, 스티븐이 이룩한 여러 초등에도 참가한 인물이다. 로페는 알프스의 풍경에 매료되어 높은 산봉우리, 세락과 빙하 호수, 크레바스, 눈 쌓인 계곡을 화폭에 담았다. 때로는 엄청난 크기의 캔버스화를 그렸으며 사진처럼 정확한 풍경화를 그렸다.

1862년 런던에서 열린 전시회에서 그는 몽블랑의 만년설 덮인 산들의 지형적 특징을 상세하게 묘사한 작품들을 출품해 영국의 신사와 산악인들에게 많은 감동을 전했다. 그리고 이때의 호평이 계기가 되어 1864년 입회 자격이 까다롭기로 정평이 나있는 알파인 클럽 회원이 되기도 했다.

그가 사진가로 데뷔한 것은 나중의 일이지만, 로페는 일찍부터 많은 사진가들과 시간을 함께 보냈기 때문에 사진은 로페에게 매우 친숙한 영역이었다. 처음에는 산정에서 보이는 웅장한 파노라마 이미지와 알프스의 풍경 사진을 찍었는데, 당시 사진은 지리와 지형을 정확하게 보여주는 귀중한 자료로서 등반가들이 산행 루트를 계획하는 데 도움을 주었다.

그는 샤모니 주변의 몽블랑 산군뿐만 아니라 동부 알프스와 돌로미테 산군에 이르기까지 유럽 알프스의 여러 지역 산과 암군을 대상으로 그림을 그렸다. 그 후 그는 알프스를 떠나 파리로 이주, 에펠탑을 위시한 도시풍경을 예술적으로 표현하는 회화주의 사진을 찍었다. 특히 도시풍경을 찍은 그의 작품 중 에펠탑에 떨어진 낙뢰의 순간을 포착한 사진은 널리 알려진 작품 중의 하나다.

그의 고객 대부분은 알프스 등산 초기 영국의 등반가들이었다. 그와 친교를 나누었던 대표적인 산악인은 영국의 윔퍼와 스티븐으로, 이 둘은 알피니즘 200여 년 역사에서 영원히 기억되는 인물이다. 스티븐은 《유럽의 놀이터》 서문에서 로페와 함께 몽블랑 정상에서 일몰을 맞았던 추억을 고백한다. 로페는 캔버스를 펼쳤고, 스티븐은 차가운 와인을 꺼냈다. 수많은 산과 빙하가 석양빛으로 붉은 빛을 띠며 어둠 속으로 사라져가던 그 모습을 평생 잊을 수 없다고 기록했으며, 20여 년이 지난 지금 몽블랑의 일몰에는 변화가 없으나 그 산에 오르던 인간은 늙어 버렸다고 탄식했다.

로페가 세상을 떠난 뒤에도 그의 작품을 기리는 전시회가 여러 차례 열렸다. 2005~2006년 '산악여행Mountain Journeys'이라는 이름의 회화전이 샤모니 산악박물관에서 열렸으며, 2013년 6월부터 2014년 5월까지는 샤모니 산악박물관에서 '산정의 화가Artist of the Summits'라는 이름으로 사망 100주년 기념회고 회화전이 있었다. 또 2013년 9월부터 2014년 5월까지 '사진의 여정Photographic Itinerary'이라는 이름의 사진전이 있었는데, 이 전시회에는 로페의 산악풍경뿐만 아니라 도시풍경에 이르기까지 100여 점 이상의 사진작품이 전시되었다.

그들이 선택한
삶과 죽음

히말라야 등반사상 가장 끔찍했던 참사로는 한번에 10명이
목숨을 잃은 독일 낭가파르바트 원정대의 비극을 꼽을 수
있다. 1934년 7월, 정상을 200여 미터 남겨두고 있던 독일원
정대는 다음 날의 승리를 확신하고 있었다. 그러나 그날 밤
부터 신의 저주가 시작되었다. 엄청난 위력으로 불기 시작
한 세찬 폭풍설은 이들의 도전의지를 무참하게 짓밟아버
렸다. 등정의지를 접은 채 퇴각하는 이들 앞에는 굶주림과
강추위, 덮고 잘 모포 한 장조차 없는 상황이 펼쳐졌다. 결
국 이들은 대자연의 위력 앞에 하나둘 쓰러지면서 한 사람
의 생존자도 남기지 못한 채 전 대원이 무참하게 목숨을 잃
었다. 대장 메르클을 위시하여 알프스 북벽의 맹장으로 이

름을 떨쳤던 벨첸바흐조차도 무기력하게 쓰러졌다. 이들 중 최후까지 목숨을 지탱했던 대장 메르클과 셰르파 가이라이의 죽음은 가슴 아픈 사연을 남겼다. 가이라이는 자력으로 탈출할 수 있는 체력이 남아 있음에도 고락을 함께한 동지를 버려둘 수 없어 끝까지 설동 속에 남아 최후를 함께했다. 위기에 처한 동료를 죽음의 나락에서 구하고 함께 탈출에 성공하거나, 동료와 함께 죽음을 택하는 소설 같은 이 실화는 극한상황과 마주한 인간의 실존이 있기에 우리에게 진한 감동을 전해준다.

이렇듯 죽음과 마주했던 이야기들이 외국인들에게서만 있던 것은 아니다. 이미 세간에 널리 알려진 등반기《끈》의 주인공 박정헌의 촐라체 북벽에서 생환이 그랬고, 마나슬루에서 체력이 떨어진 동료를 데려가기 위해 함께 남아있다 실종된 윤치원의 경우가 그랬다.

2005년 1월 촐라체 북벽에 오른 박정헌과 그의 후배 최강식은 등반을 끝내고 하산하던 중 최강식이 발을 헛디뎌 25미터 깊이의 크레바스 속으로 빨려 들어갔다. 이때부터 생사를 넘나드는 9일간의 사투가 시작되었다. 최강식은 크레바스 속으로 곤두박질치면서 두 발목이 부러진 채 로프에 매달렸고, 그의 절규가 크레바스 벽을 타고 울렸다. 절체절명의 순간이었다.

두 사람을 연결하고 있는 것은 25미터 길이의 로프뿐이었다. 갈비뼈가 부러진 몸으로 로프 끝에 매달린 그의 몸무게를 지탱하며 더 떨어지지 않도록 버텨주는 것은 박정헌에게도 죽음과 같은 고통이었다. '로프를 끊어야 하나?' 아주 짧은 순간 만감이 교차하면서 인간적인 갈등이 밀려왔다. 그러나 목숨을 잃는다 해도 후배를 빙하의 얼음 구덩이 속에 버려두고 갈 수는 없었다. 그는 사력을 다해 후배를 끌어올렸다. 두 사람은 빙하계곡을 벗어나기 위해 죽음의 행진을 시작했다. 최강식은 시력 0.3인 박정헌의 두 눈이 되고 박정헌은 최강식의 두 다리가 되어, 5일 동안 아무것도 먹지 못한 채 영하 20도의 추위와 사투를 벌이며 죽음을 이겨내고 끝내 살아 돌아왔다. 조난 당한 지 9일 만이었다.

조난 3일째 되던 날 박정헌이 구조요청을 위해 먼저 내려왔을 때, 최강식은 두 다리가 부러진 몸으로 5시간 동안 두 팔과 무릎으로 벌레처럼 빙하의 너덜지대를 엉금엉금 기고 몸을 굴려서 야크를 키우는 움막까지 내려온다. 이 둘은 엄청난 대가를 치르고 살아 돌아왔다. 박정헌은 동상으로 8개의 손가락과 2개의 발가락을 잘랐고, 최강식 역시 9개의 손가락과 발가락 대부분을 잘랐다.

영국의 생존 실화 《터칭 더 보이드Touching The Void》에서는 사이먼 에이츠가 추락한 동료와 연결한 로프를 칼로 끊고 혼자 베이스캠프로 내려왔으나, 박정헌은 죽음 앞에서도 동료와 연결된 로프를 끝내 자르지 않은 채 동료와 함께 살아서 돌아왔다.

그런가 하면 2010년 4월 마나슬루를 등반하던 윤치원은 정상을 지척에 둔 지점에서 기상악화로 등정을 포기하고 하산하던 중 탈진한 후배 박행수를 데리고 내려오다 함께 실종됐다. 당시는 지척을 구분할 수 없는 화이트아웃 상태가 지속되는 가운데 영하 40도의 추위와 눈보라가 거세게 몰아치고 있었다. 그동안 해외원정에서 보여주었던 윤치원의 행적을 살펴보면, 그는 동료를 위해 자신을 던질 줄 아는 휴머니스트로 알려진 사람이었다. 그 전해 7월 낭가파르바트(8,126m)에서 하산 중 일어난 고미영의 충격적인 추락 현장에서도 눈사태의 위험을 무릅쓰고 그의 시신을 수습해 등에 메고 먼 길을 하산하기도 했다. 또한 2000년에는 몽블랑(4,807m) 정상 부근에서 실종된 동료 산악인을 찾기 위해 사투를 벌이기도 했다. 당시 그는 일주일 동안 정상 부근의 발로산장 앞에 천막을 치고 머물면서 혼자서 실종지점을 중심으로 하루에 두 차례나 몽블랑을 오르내렸다. 이제 그는 우리 곁을 떠났으나 이런 행적은 많은 사람들 사이에서 숭고한 희생정신으로 회자되고 있다. 우정과 신의는 우리가 일상 속에서 잃은 지 오래된 어휘들이다. 그러나 이런 세계가 아직도 우리 곁에 남아 있다는 것은 무한한 감동일 수밖에 없다.

위기상황에서 산악인들은 자기 팀과 동료에 대해서는 이처럼 모든 위험을 감수한다. 그러나 조난자가 다른 팀이거나 한 번도 본 적이 없는 사람이라면 구조의 손길을 주기가 아무래도 어려운 것이 현실이다. 막대한 원정경비와 수년 동안 어렵사리 준비해온 등반을 다른 사람의 목숨을 구하는 일과 맞바꾸기란 그리 쉽지 않은 일이기 때문이다.

그러나 이런 일이 실제로 있었다. 1981년 성균관대 안나푸르나 남봉(7,273m) 원정대의 김흥기는 일면식조차 없는 사람을 구하기 위해 평생 열망해왔던 정상을 포기한 채 조난자를 구출했다. 당시 김흥기는 6,020미터의 고도까지 진출한 후 3캠프에 머물고 있었다. 이때 플루테드피크(6,501m)를 등정하고 하산 중이던 한국인 1명이 정상 부근에서 실족해 700미터의 설벽으로 추락, 중상을 입고 구조를 기다린다는 무전을 받았다. 그는 곧바로 하산해 조난자 후송을 위한 헬기 착륙장 공사까지 마무리해주었다. 이 일로 그는 그토록 갈망해온 정상 등정의 기회를 영영 놓치고 말았다.

2006년 5월 중동산악회의 이명호, 최인수, 박재우가 에베레스트 정상을 향해 마지막 캠프를 출발했다. 세 사람은 평소 그토록 갈망해왔던 세계 최고봉 등정의 꿈을 실현하기 위해 가슴 부푼 기대를 안고 정상으로 향하고 있었다. 출발한 지 1시간 정도 지났을 무렵 앞서가던 셰르파가 눈에 덮인 물체를 가리켰다. 가까이 가보니 얼어붙은 머리카락이 얼굴을 덮고 있는 사람은 경남 팀의 곽정혜였다. 몸을 흔들어보니 전혀 반응이 없고 얕은 신음소리만 들렸다.

곽정혜는 정상 등정을 끝내고 혼자서 하산하던 중 고정로프가 끝나는 지점에서 배낭을 벗고 장갑을 갈아 끼다가 실수로 200미터 가량 추락했다. 조난 당시 그녀는 배낭도 잃어버렸으며 장갑도 끼지 않은 상태로 추위에 노출된 채 의식을 잃고 쓰러져있었다. 이들 세 사람이 주변을 향해 힘껏 구조요청을 했지만 옆을 스쳐가는 몇몇 사람들은 모두 사고현장을 외면한 채 피해갔다. 이들은 4캠프로 조난자를 어렵사리 후송한 후 응급조치를 시작했다.

조난자를 돌보느라 정상 등정 시간이 점점 지체되고 있었다. 이들 셋은 정상을 눈앞에 두고 등정을 포기할 것이냐, 올라갈 것이냐를 놓고 갈등했다. 결국 이명호만 등정하기로 하고 두 사람은 조난자 수습을 위해 남기로 했다. 자기 몸조차 가누기 힘든 죽음의 지대에서 가사상태의 조난자를 거둔다는 것은 자신을 버릴 만한 결단이 없이는 어려운 일이다. 그날 이명호는 등정에 성공했고, 나머지 둘은 곽정혜를 살리는 데 성공했다. 정상을 포기한 대가로 그들은 죽음에

직면한 한 사람의 고귀한 생명을 살려냈다. 정상 등정 이상의 값진 성과를 얻어낸 것이다.

해마다 수천 명이 알프스나 히말라야에 도전하다 목숨을 잃는다. 왜 사람들은 죽음과 마주했던 끔찍한 일들을 기억하면서도 다시 산에 오르려 하는 것일까? 꿈과 목숨을 맞바꿀 줄 아는 유일한 동물이 인간이라서 그럴까?

세기의 라이벌,
메스너 vs 쿠쿠츠카

20세기 최고의 대결이라 불렀던 메스너와 쿠쿠츠카의 히말라야 8,000미터급 고봉 14개 완등 레이스는 이탈리아의 메스너의 승리로 끝이 났다. 그렇지만 두 사람을 순위로 평가하지 않는 것이 등산 세계의 불문율이다. 등산은 스포츠의 영역을 넘어선 행동양식이기 때문에 심판, 순위, 규칙이 없는 세계다. 메스너가 쿠쿠츠카보다 몇 개월 앞서 완등했다고 해서 메스너를 1인자, 쿠쿠츠카를 2인자라고 스포츠처럼 순위를 두어 구분하지 않는 것이 알피니즘의 세계다.

오늘날 세계 최강의 등반가 자리에 우뚝 선 메스너와 쿠쿠츠카 두 거인이 걸어온 큰 자취는 너무나 대조적이다. 메스너는 유럽의 전통적인 선진 문화권의 풍요로운 환경과 성숙된 등산문화권에서 활동한 덕분에 여러 후원업체의 지원에 힘입어 좋은 여건 속에서 등산 활동을 해왔다. 그러나 쿠쿠츠카는 동구권 폴란드의 낙후한 사회 환경과 뒤처진 등산 환경 속에서 몸으로 때우는 식의 맨주먹 정신으로 어려운 등반을 해왔다. 8,000미터급 고봉 등정에는 막대한 원정 경비가 필요하다. 그런 이유 때문에 쿠쿠츠카는 산을 오르는 일보다는 '자금의 산'을 오르는 일이 더 어려웠다. 어느 때는 입산료를 아끼려고 폴란드 K2 여성 원정대에 불청객으로 껴서 K2 입산허가서로 브로드피크를 몰래 올랐지만 파키스탄 관광성에 들켜 2,000달러의 벌금을 무는 수난을 당하기도 했다.

두 거인의 연보를 살펴보면 메스너는 1970년에 시작해 1986년 로체를 마지막으로 14개의 자이언트를 완등하기까지 16년이 걸렸고, 쿠쿠츠카는 메스너보다 9년이나 뒤늦은 1979년에 시작해 1987년 시샤팡마를 마지막으로 마무리할 때까지 8년이 걸렸다. 쿠쿠츠카가 14개를 끝내고 돌아오자 한 통의 축하전보가 그를 기다리고 있었다. "당신은 2인자가 아니다. 당신은 참으로 위대하다." 메스너가 경탄하면서 보낸 축하 인사였다. 역시 고수만이 고수를 알아보는 법이다.

메스너의 돋보이는 업적은 1978년에 이룩한 에베레스트 무산소 등정이다. 그는 연이어서 같은 해에 낭가파르바트를 무산소로 단독 등정해 아무도 범접할 수 없는 세계적 영웅이 되었다.

1980년 그가 무산소 단독등반으로 또 한 차례 에베레스트에 올랐을 때는 이 산의 주인을 자처해온 자부심 강한 영국 사람들조차도 "인간이 최초로 에베레스트에 올랐다."라고 극찬을 아끼지 않았다. 영국 사람들이 이 산을 자기들의 것으로 여기는 것은 1953년에 자기들이 이 산을 세계 최초로 정복했기 때문이다.

이때부터 사람들은 그를 가리켜 철인이라 불렀으며, 마침내 1986년에는 히말라야 8,000미터급 고봉 14개를 모두 올랐다. 그는 두 차례씩 오른 4개를 합쳐 8,000미터 '죽음의 지대'를 18차례나 돌파했다. 이는 죽음의 지대를 가본 사람이 아니면 상상조차 할 수 없는 일이다.

그가 자이언트 14개 완등을 끝냈을 때 전 세계 언론들은 "몽상 속에서나 가능하다고 여겼던 꿈같은 일이 실현되었다. 이는 인간한계를 뛰어넘는 위대한 승리다."라고 격찬했다. 이런 일은 인류가 달 착륙에 성공한 것에 버금가는 한계 도전의 역사로 평가받고 있다.

메스너가 에베레스트 무산소 등정 계획을 처음 발표했을 때 유럽의 언론들은 공명심에 들떠 인간의 생명을 경시하는 미치광이 짓이라고 그를 비난했다. 의학자들은 설사 등정에 성공한다 하더라도 산소 부족으로 뇌세포가 파괴되어 식물인간이 되거나 하산 중 목숨을 잃을 가능성이 크다고 경고했다. 그러나 도전의지를 꺾지 않은 그는 보란 듯이 등정에 성공함으로써 비난하는 사람들을 침묵하게 했으며, 히말라야 등반에서 산소 맹신의 장벽도 허물었다.

그는 한걸음 더 나아가 산소용구 없이 단독으로 낭가파르바트와 에베레스트를 연이어 한 번 더 올랐다. 그가 이룩한 한계도전의 역사는 두 세기의 등산역사에 큰 획을 긋는 새로운 발상이었다. 무산소 등반, 단독등반, 알파인 스타일 등반, 8,000미터급 고봉 3개 연속등반 등 독특한 등반형식을 창출해냈다. 이런 등반들은 금세기 최고의 등반가가 아니고서는 상상조차 할 수 없었던 일이며, 그가 있었기에 가능했다. 그는 산에서 '문명의 이기'를 포기하는 정당한 방법만을 고집했으며, "진정한 모험은 산업기술을 사용한 보조수단을 쓰지 않는 것"이라고 주장했다. 또한 "8,000미터급 고봉에서 산소를 쓰는 것은 6,000미터급에서 산소기구 없이 행동하는 것과 같다."라고 역설하며, 자이언트 14개 모두를 무산소로 올랐다. 그는 행위만 앞세우는 등반뿐만 아니라 70여 권에 이르는 등산서적을 저술해 많은 사람들에게 감동을 주었다. 메스너가 이룩한 등반은 인간의 한계를 넘어서 초인의 영역으로 접근한 것이라고 역사는 평가하고 있다.

메스너의 화려한 등반기록을 보면 엄동기嚴冬期의 활동이 한 차례도 없다. 이에 비해 쿠쿠츠카는 히말라야에서 엄동기 등산 활동이 돋보인다. 다울라기리, 초오유, 칸첸중가, 안나푸르나 등 4개는 동계에 이룩했으며, 초오유와 칸첸중가는 동계 세계 초등이다. 특히 어려운벽으로 이름난 안나푸르나 남벽은 남들이 오르지 않은 새로운 길을 뚫고 정상에 올라 8,000미터급 고봉에서 거벽등반의 새로운 족적을 남긴다. 이처럼 쿠쿠츠카는 남들이 꺼리는 어려운 길만을 뚫고 올랐다. 그가 남들이 오른 길을 따라 오른 산은 오직 로체뿐이고, 나머지 모든 산에서는 새로운 루트를 열어나갔다. 무명의 등산가였던 그가 1979년 히말라야 무대에 혜성처럼 나타나 1989년 로체 남벽에서 낡고 가는 로프가 끊어져 사망할 때까지 10년 동안에 오른 고봉 편력은 매우 다채롭다. 41세의 나이로 요절한 쿠쿠츠카의 짧은 인생은 긴 세월을 평범하게 살며 얻는 것보다 더 많은 것을 높은 데서 이룩했다.

1988년 캘거리 동계올림픽에서 IOC가 8,000미터급 고봉을 완등한 공로로 메스너와 쿠쿠츠카에게 은메달을 수여하려고 했을 때 메스너는 이를 거절했다. "등산은 창조적인 행위이지, 순위를 비교해서 채점표에 표시하는 스포츠와 같은 것이 아니다."라는 것이 그 이유였다. 등산의 세계에는 경쟁이 없다. 상대와 맞대결하면서 순위와 기록을 겨루지 않고 그 성취를 내세우거나 보상을 바라지 않는 무상의 행위라는 것이 다른 스포츠와 구별되는 점이다. 메스너와 쿠쿠츠카는 서로 경쟁을 한 적이 없다. 그들은 자기방식대로 각자의 길을 갔는데. 그것을 바라보는 사람들이 경쟁구도로 만들었을 뿐이다.

지구환경 지킴이,
릭 리지웨이

한국 산악인들에게는 다소 낯선 이름의 미국 등산가 릭 리지웨이Rick Ridgeway. 그는 2017년 울주세계산악문화상의 첫 수상자로 선정되는 영예를 누렸다. 이 상은 전 세계의 자연, 환경, 등반, 문학, 영화, 언론 및 방송 등 산악문화 발전에 기여한 공로가 인정되는 사람에게 수여되는 것으로, 이 영화제의 첫 수상자라는 데 그 의미가 남다르다.

그는 주로 대자연을 영화나 기록으로 남기는 데 많은 활동을 해온 영화제작자이자 사진작가이고, 등산가이며 저술가이다. 국내에서 릭 리지웨이의 필명이 알려지기 시작한 것은 그의 공저 《불가능한 꿈은 없다》가 발간되면서부터다. 이 책은 리지웨이가 등산을 한 번도 해본 적이 없는 미국의 두 기업가 텍사스 석유회사의 딕 배스 사장과 워너 브라더스의 프랑크 웰스 사장과 함께 1985년 3년에 걸쳐 세계 7대륙 최고봉을 모두 오른 후 펴낸 등반기이다. 그는 7개 봉우리 중 아콩카과, 에베레스트, 빈슨 매시프를 함께 올랐다. 이 프로젝트에는 유명 등반가인 영국의 크리스 보닝턴, 미국의 이본 취나드와 리지웨이가 두 실업가의 등정대열에 함께 참가하면서 시작되었다. 이 책으로 인해 세계 7대륙 최고봉이 최초로 조명되었고, 세계 7대륙 최고봉 등정 붐이 조성되기도 했다. 출판된 지 무려 30년이라는 세월이 흘렀지만, 오늘날까지도 이 책을 읽고 7대륙의 정상을 향해 발걸음을 옮겨 놓는 행렬이 끊이지 않고 있다.

그의 등산은 고등학교를 졸업할 때 어머니가 졸업선물로 등산학교에 보낸 것이 계기가 되었다고 한다. 그 후 그가 등산에 깊이 빠져 헤어나오지 못하게 되자 그의 어머니는 후회했다. 그는 등산학교에서 여러 명의 동료들을 만났으며 그들과 의기투합하여 등반에 열중하다가 평생을 등반의 세계에 사로잡혔다.

또한 리지웨이는 지구상에서 사라져가는 멸종위기종의 보호를 위해 상당한 노력을 하고 있다. 창탕히말라야 지역에 서식하는 티베트 영양의 일종인 치루chiru가 사람들의 포획으로 나날이 개체수가 줄어가고 있는 현실을 보고, 그들의 서식환경이나 종의 번식을 위해 노력하고 있다. 새끼를 출산하는 과정 등을 추적해 보전대책의 일환으로 보호구역 설정의 중요성을 중국 정부에 건의해 이를 관철시키기도 했다. 이처럼 리지웨이는 철저한 환경 운동가로서의 신념을 실천하고 있다. 그는 누군가는 "지구에 해악을 미치는 일에 대해 경고의 목소리를 높여야 한다."라고 말한다. 바로 이 점이 리지웨이가 제시하는 산악문화의 접근 기준이다. 그는 지구의 기후변화로 킬리만자로의 빙하가 녹아가고 있고, 함께 살아야 할 동물들이 인간의 탐욕으로 위기에 처한 현실을 고발한 내용을 담은 《킬리만자로의 그림자》라는 책을 집필하기도 했다. 이 책은 1998년 《뉴욕타임스》 선정 10대 베스트셀러에 올랐다.

1975년 그는 미국의 명문 버클리대학에서 장학금을 받는 조건으로 지구물리학 박사과정에 등록했으나 그때 마침 미국 독립 200주년 에베레스트 원정대에 참가할 것을 제안 받고 안정적인 미래가 보장된 학자의 길을 팽개쳐 버린 채 산을 선택했다. 리지웨이는 그때 정상에 오르지는 못했지만 두 가지를 배우고 돌아온다. 히말라야 등반에서 가장 필수적인 능력은 등반기술보다 인내심이라는 것을 경험하게 되었으며, 등반촬영 팀을 도와주는 가운데 영화제작 기술을 배울 수 있는 기회를 얻게 되었다. 이 일은 그를 미국 최고의 모험영화 촬영가로 입신하게 되는 계기를 제공한다.

　그는 1978년 짐 휘태커가 대장을 맡은 미국 K2 원정대의 등반기록 작가 자격의 대원으로 발탁되어, 무산소로 K2 정상에 오르는 최초의 미국인이 되었다. 미국은 1978년까지 다섯 번에 걸쳐 K2에 도전했으나 번번이 실패만 거듭해왔기 때문에 이때의 K2 등정은 세계 최강국 미국의 체면을 세워준 값진 쾌거였다.

　1980년에는 중국 정부의 등산 문호 개방으로 이본 취나드, 킴 스미츠, 조나단 라이트와 원정팀을 꾸려 티베트의 미냐콩카를 찾았다. 이들은 등반 중 눈사태에 쓸려 수직으로 600미터 이상 추락해 모두가 심한 부상을 입었는데, 그중 조나단은 목숨을 잃었다. 결국 이들은 등반을 포기하고 조나단을 그 산의 하단부에 돌무덤을 만들어 묻어주고 귀국했다. 한국 독자들에게 널리 알려진 《아버지의 산》은 조나단 라이트가 미냐콩카에서 사망할 당시 16개월 된 아시아란 이름의 딸이 성장해 19세가 되던 해에 티베트의 아버지의 무덤으로 자신을 데려가 달라는 부탁을 리지웨이에게 하고, 1999년 두 사람이 90일 동안 티베트 고원과 히말라야 지역을 순례하며 남긴 기록이다.

알피니즘의 극한을 보여준
한국의 여성 산악인

오늘날 한국 여성들은 스포츠뿐만 아니라 거친 대자연과 맞선 도전에서도 덩치 큰 서양여성을 제치고 한국의 우먼파워를 과시하며 당당하게 앞서가고 있다. 알피니즘이란 이름을 달고 서구에서 탄생한 등산이 알프스와 히말라야에서 서구인들의 독점적인 지배력을 키워왔지만, 이런 환경에서도 작은 체구의 두 한국 여성 오은선과 고미영이 덩치 큰 서양의 여걸들과 맞서 자웅을 겨루었다. 어디 그뿐인가. 최근에는 우리 여성 산악인들이 '낮지만 보다 어려운' 봉우리 피츠 로이Fitz Roy(3,405m)와 네임리스 타워Nameless Tower(6,239m) 등에서 뜨겁고 강한 우먼파워를 발휘하고 있다.

오은선과 고미영, 두 산악인은 그동안 세계무대에서 이름을 떨친 유럽의 여성 산악인인 이탈리아의 니베스 메로이, 오스트리아의 겔렌데 칼텐브루너, 스페인의 에두르네 파사반 등 서양의 쟁쟁한 여걸들의 대열에 동참하며 한국 여성의 이름을 날렸다. 한국의 두 여성 산악인이 '8,000미터급 고봉 14개 프로젝트'에 뛰어들었을 때 오스트리아의 칼텐브루너는 이미 10개를 올라 저만치 앞서 있었지만, 우리의 두 여성은 일 년에 4~5개씩 오르며 금세 따라 잡아 마침내 역전승을 거뒀다.

체력, 기술, 근성 3박자를 모두 갖춘 고미영은 한국뿐만 아니라 세계에서도 당분간 나오기 어려운 걸출한 여성 토털 클라이머였다. 그녀는 2년 9개월 동안 자이언트 11개를 오르는 눈부신 성과를 올렸다. 알피니즘의 본고장인 유럽의 어떤 걸출한 여성들도 일찍이 이런 성과를 올린 일이 없었다. 고미영! 안타깝고 애처로운 이름이다. 그녀는 14번의 하늘을 얻기 위해 죽음의 지대로 갔다가 11개만 얻고 나서 죽음으로 되돌아왔다.

통계에 따르면 고산등반에 나선 산악인 열 중 하나는 산을 내려오지 못한다고 한다. 그러나 대부분의 산악인들 중 이런 통계에 주눅이 들어 모험을 포기하는 사람은 극소수에 불과하다. 1992년 칸첸중가에서 안타깝게 실종된 유명한 여성 고산등반가 반다 루트키에비치는 "여성이라고 해서 주저 않을 이유는 없다."라고 힘주어 말하기도 했다.

오늘날의 고산거벽은 더 이상 남성 전유물이 아니며, 이제 산은 남녀도 국적도 가리지 않는 시대가 되었다. 낭가파르바트에서 생을 마감한 고미영, 자이언트 14개를 완등한 오은선, 거벽에서 극한등반의 진수를 구현한 이명희, 채미선, 한미선, 김점숙 등 이들이 있었기에 여성 산악인들의 위상이 높아진 것만은 분명하다.

특히 오은선의 여성 최초 14개 완등이라는 타이틀은 세계 산악계의 이목을 집중시키는 데 큰 몫을 했다. 그녀는 아직도 칸첸중가 문제로 논란의 여지를 남겨놓고 있지만 여성의 몸으로 세계 산악계에 이름을 널리 알렸다는 것은 결코 부인할 수 없는 일이다. 그녀는 세간의 의혹과 질시의 한계를 넘어 세계의 하얀 고봉을 섭렵한 여성이 되었다. 그녀는 자이언트 14개와 7대륙 최고봉을 섭렵하면서 남성 산악인도 달성하지 못한 일을 해냈다. 15개월이라는 짧은 기간에 마칼루, 로체, 브로드피크, 마나슬루, 칸첸중가, 다울라기리, 낭가파르바트, 가셔브룸1봉 등 8,000미터급 고봉 8개를 등정했다. 이것은 체력적으로도 어려운 일이거니와 많은 장비와 인력이 투자되는 일을 일사분란하게 처리한 결과물이었다. 오은선의 브랜드 효과는 협찬사의 수억 원대 매출을 신장시켜 경제효과를 얻어내기도 했다. 이 모두가 덩치 작은 여성의 힘에서 비롯된 결과다.

오은선에 이어 두 번째로 세계 7대륙 최고봉 완등을 마무리한 김영미. 뛰어난 체력과 등반실력을 갖춘 그녀는 그림솜씨 또한 뛰어난 여성 산악인이다. 그녀는 지금 자신의 화폭에 미완의 하얀 산을 그리고 있다.

그동안 한국의 두 여성이 히말라야에서 '8,000미터급 고봉 14개 프로젝트'를 놓고 활동을 펴왔지만, 여성 산악인들의 역할과 위상에도 변화가 필요한 시기가 왔다. 높이와 고봉의 개수를 놓고 다투던 과거에서 이제 여성들의 활동도 새로운 대상지에서 새로운 방식으로의 전환이 필요한 시기가 되었다. 등반 대상지의 다변화가 필요한 시대가된 것이다.

새로운 대상지에서 알피니즘의 극한을 보여준 여성 산악인들은 2012년 파타고니아 산군의 피츠 로이를 등반한 이명희, 채미선, 한미선이다. 파타고니아 산군의 침봉들은 높이가 3,000미터에 불과하지만 등반성과 난이도는 지구상의 봉우리들 중 최고라고 할 수 있다. 특히 이곳은 살인적인 강풍과 변덕스러운 기상으로 악명이 높아 성공의 확률이 매우 낮은 곳이다. 이런 곳에서 우리 여성 산악인들은 훌륭한 등반을 해냈다.

여성 산악인들은 피츠 로이에 이어 2013년에는 카라코람의 트랑고Trango 그룹 중 가장 깎아지른 네임리스 타워의 이터널 플레임 루트를 오르는 데 성공했다. 이 루트를 오른 채미선, 김점숙, 이진아, 한미선은 한국 여성을 대표할 만한 뛰어난 기량을 지닌 거벽등반가들이다. 아직도 남성 위주로 돌아가고 있는 알피니즘 세계에서 우리 여성 산악인들이 더 열정적으로 활동해 여성들에게 새로운 활력을 불어넣는 자극제가 되었으면 좋겠다.

꿈과 목표가 없는 인생은 무의미하다. 어떤 길이든 스스로가 선택한 일을 성취하기 위해 묵묵히 자기 길을 걸어가는 사람만이 자기의 세계를 열 수 있다. 고 고미영, 오은선, 김점숙, 이명희, 채미선, 한미선, 이진아, 김영미 등은 그런 길을 걸어온 여성들이다. 앞으로도 알피니즘 세계에서 뜨겁고 강한 한국 여성의 힘이 지속적으로 나타나기를 바란다.

히말라야 동계등반의 전사,
크시스토프 비엘리츠키

크시스토프 비엘리츠키Krzysztof Wielicki. 우리에게는 발음하기조차 생소한 낯선 이름이다. 그는 동구권 폴란드의 낙후한 사회여건과 서구에 비해 뒤처진 등산 환경 속에서 히말라야 8,000미터급 고봉 14개를 16년에 걸쳐 모두 올랐는데, 그것도 상상을 뛰어넘는 혹한의 겨울철에 등반의 새 장을 열면서 세계 등반사에 타의 추종을 불허하는 뛰어난 업적을 남겼다. 그의 히말라야 자이언트 등정은 메스너, 쿠쿠츠카, 로레탕, 카르솔리오에 이어 다섯 번째다.

비엘리츠키는 1950년 폴란드 바르샤바에서 20킬로미터 떨어진 카토비체에서 태어났다. 그는 폴란드의 유명 산악인들이 그랬듯 800여 미터의 벽이 즐비한 폴란드 산악인들의 모산母山 타트라Tatra(2,500m)에서 등반을 시작해, 알프스와 코카서스, 파미르, 돌로미테 등지에서 8년여 동안 활동을 한 후 히말라야로 향했다.

그의 자이언트 순례는 1980년 2월 에베레스트(8,848m)에서 세계 등반사상 최초로 동계등반의 문을 연 이후 1996년 낭가파르바트(8,126m)까지 16년 동안 계속되었다. 그중 에베레스트, 칸첸중가, 로체에서는 동계 초등을 이룩했다. 로체의 경우는 단독등정을 했으며, 이 밖에 브로드피크, 다울라기리, 시샤팡마, 가셔브룸2봉, 낭가파르바트는 새로운 루트를 개척하면서 단독으로 등정했다.

히말라야 8,000미터급 고봉의 등반역사를 살펴보면 1950년 안나푸르나에서 1964년 시샤팡마까지, 14년이 걸렸다. 하지만 동계 초등은 1980년 에베레스트를 시작으로 2021년 K2까지, 41년의 오랜 기간이 소요되었다. 단순한 비교나 눈에 띄는 이런 기간의 격차는 겨울철 8,000미터 등반의 어려움을 명백하게 보여준다.

히말라야 8,000미터의 겨울은 상상을 초월한다. 너무나 추운 나머지 폐가 타버리는 것 같은 느낌이 들 정도다. 어느 시즌이든 고소에서는 희박한 공기로 숨이 차고, 두통과 구토가 나는 것이 일반적인 특징이지만 겨울철에는 문제가 더 심각하다.

고소의학 전문가들은 고소에서의 기압은 여름보다 겨울이 더 낮다고 한다. 기압이 낮다는 것은 '체온유지와 전진'을 가능하게 하는 산소가 부족하다는 의미이며, 이 두 가지는 극심한 추위 때문에 겨울에 훨씬 더 어렵다는 것이다. 서리로 뒤덮인 눈썹은 서로 엉겨 붙어 시야를 가리고 노출된 피부는 시시각각 얼어붙는다. 또한 스토브가 작동하지 않고 금속제 물건은 쉽게 부러진다. 8,000미터급 고봉을 오르기가 쉽다고 말하는 사람은 아무도 없다. 하지만 한겨울에 이런 산에 도전하는 것은 차원이 다르다. 영하 40도 이하의 기온, 지속적으로 불어대는 허리케인 급의 강한 바람, 거기에 낮은 기압까지 더해져 다른 계절보다 공기 중의 산소가 훨씬 더 적기 때문에 그 어려움은 상상을 초월한다. 이처럼 8,000미터에서의 동계등반은 그 어려움이 몇 배나 더하며, 고소의학과 장비가 발달한 오늘날에도 등반가들에게 그곳은 여전히 미답의 영역이다.

히말라야 동계등반의 첫 문을 연 폴란드 팀의 일원이었던 비엘리츠키는 1980년 2월 17일 가혹한 겨울환경을 극복하고 레셰크 치히와 함께 사상 최초로 에베레스트 동계등정을 성공시킨다. 충분치 못한 자금력 탓에 그들은 광부용 헬멧과 용접공용 고글을 쓰고, 집에서 만든 나일론 아노락을 입고, 아이거 밑에서 가져온 스투바이 피켈과 여러 곳에서 주워온 카라비너와 피톤, 낡은 외투를 개조해서 만든 바지를 입었다. 아이젠도 변변치 못해 왼쪽 발은 10발, 오른 쪽은 마터호른 밑에서 주워온 12발짜리를 신고 강인한 정신력으로 등반을 성공시켰다. 하산 도중 세찬 바람 때문에 뒤로 또는 옆으로 걷고, 무릎으로 엉금엉금 기어가기도 하는 등 혼신의 힘을 쥐어짜며 하산을 마무리했다.

비엘리츠키는 동계등반뿐만 아니라 속도등반에도 달인 급이다. 1984년 브로드피크에서는 베이스캠프에서 정상까지 21시간 10분이라는 경이로운 기록으로 8,000미터급 고봉을 뛰다시피 오르내린다. 그는 1985년 다울라기리 (8,167m) 동벽에 신루트를 개척하며 17시간 만에 단독으로 등정했고, 1986년에는 칸첸중가(8,586m)를 동계 최초로 등정했으며, 1986년에는 마칼루(8,463m)를 알파인 스타일로 올랐다.

또한 1988년에는 로체(8,516m)를 최초로 동계에 단독 등정했다. 그동안 8개 팀이 로체 동계등반에 도전했으나 모두가 실패했었다. 그러나 비엘리츠키는 1988년 12월 31일 허리에 코르셋을 차고 무산소 단독등반으로 정상에 올랐다. 4개월 전 가르왈의 바기라티에서 당한 사고로 가슴의 8번째 늑골이 부러져 폐가 손상되었고, 손상된 척추를 강화하기 위해 특별히 제작된 코르셋을 찬 상태였다.

이외에도 그가 이룩한 히말라야 등반기록을 살펴보면 경탄 그 자체다. 1991년 안나푸르나(8,091m) 남벽에서 3등을 이룩했고, 1992년 마나슬루(8,163m)에서 신루트를 개척했으며, 1993년에는 초오유(8,201m)를, 같은 해에 시샤팡마(8,027m)는 베이스캠프에서 정상까지 남벽에 신루트를 개척하며 20시간 만에 단독 등정했고, 1995년에 가셔브룸2봉(8,035m). 같은 해 가셔브룸1봉(8,068m)의 메스너 루트를 알파인 스타일로, 1996년에는 K2(8,611m)를 북릉으로 등정했으며, 같은 해 낭가파르바트(8,126m)에서는 킨스호퍼 루트를 단독으로 오르는 등, 그의 등반은 모두가 경이로운 기록들이다.

돌로미테 산군에서 마신
커피를 추억하며

우리나라는 커피공화국이라는 말이 나올 정도로 걸음걸음마다 카페가 즐비하다. 그만큼 커피는 이제 기호식품 1위로 자리매김을 했다. 점심식사가 끝난 도심 속에서 흔히 목격하는 풍경은 테이크아웃 커피를 들고 거리를 거니는 사람들의 모습이다. 이제 이런 일은 예사로운 풍경이 된 지 오래다.

내가 언제부터 커피를 마셨는지에 대해서는 기억이 가물거린다. 아마도 고교시절 벼락치기 시험공부를 위해 마신 것이 처음인 듯하다. 그 당시의 커피는 미군용 비상식량 박스의 은박포장지에 들어 있는 인스턴트가 고작이었다. 무슨 맛인지도 모르면서 잠을 쫓기 위해 마셔대기 시작한 것이다. 그 후 산에 오르면서 책을 읽고, 글을 쓰면서 커피를 즐겨 마시게 되었다. 커피 애호가였던 프랑스 작가 발자크는 "커피를 마시면 모든 것이 술렁거리기 시작한다. 생각은 기병처럼 빠르게 움직이고, 기억은 기습하듯 살아난다. 작중 인물은 즉시 떠오르고 원고지는 글씨로 가득 찬다."라고 커피를 좋아하는 이유를 서술한 적이 있다.

커피는 도심 속에서 즐기기보다 산속의 캠프사이트나 산장에서 그 맛과 향을 즐기는 것이 한층 멋스럽고 낭만도 있다. 산에서 마시는 차로는 커피가 제격이다. 한겨울이라면 보온효과를 얻기 위해서라도 따끈한 커피가 잘 어울리며, 산행 후 마시는 커피는 피로회복제가 되기도 한다.

캠프사이트 주변에 둘러앉아 랜턴 불빛 아래 동료들과 정겨운 대화를 나눌 때 빠뜨릴 수 없는 것이 향 짙은 원두커피다. 코끝을 자극하는 진한 커피 향은 생동감을 안겨주며. 포트에서 원두가 추출되는 것을 바라보는 느긋한 기다림은 캠핑 분위기를 한층 즐겁게 해준다. 힘겨운 산행 뒤 함께 마시는 한 잔의 따듯한 커피는 마음의 여유를 가져다줄 뿐만 아니라 종일 쌓였던 피로를 말끔히 씻어주기도 한다.

산에서 즐기는 진짜 커피 맛은 아침 일찍 텐트 문을 열고 나와서 공복에 마시는 모닝 커피다. 그 어느 때보다 온전한 맛이 나며 기분 또한 상쾌하다. 커피 특유의 강한 향기가 숲속의 아침공기와 어우러져 코끝을 알싸하게 파고든다. 한 모금을 목구멍으로 넘기면 자극적인 행복감이 온몸을 감싼다.

우리나라 산장에서 제대로 된 커피를 맛볼 수 있었던 곳은 설악산 권금산장이다. 요들송의 음률과 은은한 커피 향으로 가득했던 공간이다. 이 산장은 동해의 짙푸른 바다와 외설악의 경관을 감상하며 향 짙은 커피를 음미할 수 있던 전망대였으나 지금은 허물어졌다. 하지만 지금도 그 빈터에 서면 진한커피 향이 다시 살아나는 듯하다.

1970년대 초쯤 도봉산 오봉 캠프장에서 커피를 추출하고 있는데 짙은 커피 향에 홀린 한 친구가 찾아와 "커피 향이 좋아 찾아 왔습니다."라고 말을 건네며 한 잔 얻어 마시길 청했다. 이 친구와는 커피로 첫 인연을 맺었고, 이후 10년 동안 자일샤프트가 되어 나를 따라다녔는데, 바위를 못한다고 자주 구박을 받기도 했다. 해외에서 구입해온 산악서적을 즐겨 읽던 그는 등산이론에도 해박했다. 나는 모처럼 대화 상대가 될 만한 친구를 얻었다고 기뻐하며 그 친구와 함께 오봉에 붙었다. 그의 입은 정상급 클라이머였지만 몸은 이제 갓 걸음마를 배우는 초보 수준을 벗어나지 못한 구제불능이었다. 슬랩에서 양손과 발끝을 달달 떨며 낡은 오토바이처럼 진동을 일으켰다. 그날 종일 오봉을 등반하면서 그를 두레박처럼 끌어 올리느라 파김치가 되어 귀가했다. 즐거워야 할 등반이 공사판에서 막일하는 노가다 신세처럼 전락하고 말았다. '입과 몸이 따로 노는' 그런 친구였다. 그날 이후 그는 우리 산악회 멤버가 되었고, 그 친구와 바위를 할 때마다 에스프레소의 쓴맛 같은 노동의 중압감에 시달려야 했다. 이런 괴로움이 어느덧 10년이나 지속되었다. 지금 그는 산을 떠났지만 오봉에 갈 때마다 그가 그립다.

산에서 커피로 연을 맺은 사람이 또 하나 있다. 어느 해여름 설악산 노적봉의 '한 편의 시를 위한 길'에서 정상에 이른 후 시원스레 물보라 치며 쏟아지는 토왕성 폭포의 장관을 조망하면서 원두커피를 끓였다. 설악산의 맑은 대기 속으로 커피 향이 퍼져나갔다. 그때 막 정상에 오른 한 여인이 우리들 주변을 서성대며 산속에 퍼진 커피향이 너무 강렬하다고 말하면서 다가왔다. 그녀의 눈빛이 커피를 원하고 있었기에 한 잔을 채워 줬다. 한 모금을 맛본 그녀는 목소리를 높이며 감탄을 표했다. 그러더니 "너무 맛있어요! 선생님이 출강하는 등산학교에 들어가겠습니다!"라는 말을 남긴 채 사라졌다. 그해 여름 그녀는 약속대로 등산학교 암벽반에 등록했고, 몇 년 후에는 그녀의 대학생 딸이 정규반 수강생으로 입교했다. 커피 한 잔 베푼 인연이 2대까지 이어진 셈이다.

산악계에서 커피 애호가를 꼽으라면 제일 먼저 떠오르는 분이 있다. 원로 산악인 김영도 선생이다. 이분을 모시고 야영을 하면 원두커피는 필수품목이다. 커피의 맛도 맛이려니와 마시는 장소의 분위기를 중요하게 생각하는 감성이 풍부하신 분이다. 모닥불 주변에 앉아 커피 맛을 즐기며 해박한 지식으로 분위기를 이끌어가는 노변담화爐邊談話는 온밤을 지새우고도 남을 만큼 무궁무진하다.

평생을 등산 활동에만 전념하다 돌아가신 원로 김정태 선생 또한 커피 예찬론자였다. 그분은 커피를 마실 때마다 "악마처럼 검고, 지옥처럼 뜨거우며, 부드러운 맛은 키스보다 황홀하고, 사랑처럼 달콤한 것"이 커피라며 프랑스의 작가이며 정치가인 탈레랑의 커피 예찬론을 자주 인용했다.

한국산악회 전병구 회장은 양질의 커피를 즐겨 마시기도 하지만 맛을 제대로 음미할 줄 아는 커피 마니아 중 한 사람이다. 그가 뽑아내는 커피는 만점을 주어도 아깝지 않을 정도로 완벽한 맛을 낸다.

이 글을 쓰고 있자니 2010년 여름 이탈리아 동북부에 있는 돌로미테 산군에서 마신 커피가 생각이 난다. 드라이 치넨Drei Zinnen 거벽 아래 자리를 틀고 있는 아우론조 산장에서 끓여준 진하고 쌉쌀한 에스프레소의 그 맛을 언제 다시 맛볼 수 있을까?

산을
만나기 위한 준비

몇 년 전 가을 대기업 임원 한 분이 등산학교에 입교한 적이 있다. 그는 등산학교에 들어오기 전 유명 골프장이라면 국내외를 막론하고 안 가본 데가 없는 골프광이었다. 그런 그가 갑자기 생전 보지도 못한 등산장비를 배낭 가득히 채워 넣고 등산학교의 문을 두드린 것이다.

2주차 교육현장인 백운대 암벽 밑에서 잠시 휴식을 취하는 시간에 "무엇 때문에 험한 바위를 오르는 '쓸모없는 짓거리'를 위해 시간과 돈을 투자하면서 고생을 하십니까?"라고 물었다. 질문이 끝나자마자 돌아온 대답은 등산 초짜의 말치고는 의외였다.

"선생님, 혹시 헤르만 불Hermann Buhl이라는 사람 알고 계십니까?"

　나는 순간 전류에 감전된 사람처럼 놀랐다. 세상에, 휴일마다 틈만 나면 골프장을 주름잡던 이 사람의 입에서 헤르만 불의 이름이 튀어나오리라고는 상상도 못했기 때문이다. 차라리 그의 입에서 박세리나 타이거 우즈의 이름이 거론되었다면 놀랄 이유가 없었을 것이다. 그러나 사연을 들어본즉 그럴 만한 이유가 있었다.

　자신의 회사에서 임원교육의 일환으로 8,000미터급 고봉 최초의 단독 초등자인 오스트리아 출신 등산가 헤르만 불의 자서전《8,000미터의 위와 아래》를 읽고 독후감을 쓴 일이 있었다고 한다. 그는 독후감을 쓰기 위해 이 책을 두 번이나 읽었다. 과연 그는 헤르만 불의 책에서 자기의 비즈니스와 관련해 무엇을 얻고 배웠을까? 나는 그 점이 궁금했다. 등산세계의 무뢰한인 그가 요약한 말은 목표에 대한 철저한 준비, 용감한 결단력, 그리고 최선을 다한 뒤의 기다림 등이 골자였다. 특히 그가 강조한 말은 "철저한 준비만이 그 무엇을 해낼 수 있다."라는 것이었다. 전문산악인들이 읽어도 조금은 지루할 수 있는 이 책을 그는 두 번이나 읽었고, 내용을 정확하게 파악하고 있었다. 그는 이 책을 읽고 어려운 상황에 부딪쳐 보고 싶어 등산학교 입교를 결심했다고 한다.

나는 등산학교가 끝날 때까지 그의 일거수일투족을 주의 깊게 살펴봤다. 그는 기대 이상으로 잘 따라와 주었다. 손가락 끝이 벗겨지고 무릎에 피멍이 들면서도 열심히 바위를 올랐고 무거운 등짐도 잘 멨다. 그리고 다른 수강생들이 기피하는 조장의 직책까지 자청해 궂은일을 도맡아하며 조원들 간의 팀워크도 잘 다졌다. 그의 준비된 노력은 졸업식에서 빛을 발했다. 결국 최우수학생의 영예는 그에게 주어졌다.

등산학교의 마지막 주 교육은 한뎃잠을 자는 비박bivouac과 인수봉 등반이다. 이 두 가지 교육은 학생들에게 큰 감동과 성취감을 선물한다. 어떤 학생은 사력을 다해 오른 인수봉 정상에서 감동어린 눈물을 흘리기도 한다. 비박하는 날 밤 대부분의 수강생들은 뜬눈으로 밤을 보낸다. 별이 쏟아지는 밤하늘과 바람이 불 때마다 상수리나무에서 떨어지는 도토리의 둔탁한 소리, 밤의 정적을 깨며 우수수 쏟아지는 낙엽소리 때문에 잠을 못 이룬다. 전망이 일품인 족두리 봉 비박 사이트에서 내려다보는 서울 시내의 야경은 갖가지 보석을 박아 놓은 것처럼 휘황찬란하다. 그들은 솔잎을 스쳐가는 바람소리, 도심의 야경에 밤잠을 설치기도 한다. 동이 터오는 새벽 산을 바라보는 하루의 시작은 그들에게 상쾌한 기분과 함께 자연과 하나가 되게 한다.

그는 비박이 주는 고통과 감동이 어떤 것인지 헤르만 불이 경험한 혹독한 상황에 자신을 내던져 담금질해보고 싶다고 했다. 그는 비박훈련에 상당한 기대를 품고 있었다. 800미터에 불과한 북한산에서는 산소결핍증이나 영하 20도를 밑도는 추위가 없으니 헤르만 불과 같은 체험은 당연히 할 수 없었다. 그럼에도 그는 평생 처음 해보는 비박이 주는 감동에 흠뻑 취해 있었다. 그는 잠을 못 이룬 채 뒤척이다가 침낭에서 빠져나오며 "선생님! 오십 평생 처음 체험해보는 죽여주는 밤입니다. 너무나 아름답습니다. 이런 세계가 있다는 걸 일찍 알지 못한 채 골프장이나 누비고 다녔으니 그동안 인생을 헛산 것 같습니다."라고 감동 어린 말을 건네왔다.

그가 헤르만 불의 《8,000미터의 위와 아래》를 정독한 것이야말로 산을 만나기 위한 훌륭한 준비였다.

떠난 사람과
남은 사람

기억 저편에 아련하게 떠오르는 얼굴 다섯이 있다. 이들은 한창 일할 나이에 세상을 떠났거나 장애를 얻었다. 그것도 그들이 선택한 산에서. 고 신상만, 김형주, 고미영, 김형일은 보고 싶어도 볼 수 없는 곳으로 떠났으며, 김기섭은 추락의 중상을 입고 장애의 몸으로 아직도 긴 세월을 병마와 싸우며 끈질긴 투병생활을 하고 있다.

1998년 탈레이사가르 북벽에서 정상 100여 미터를 앞두고 1,300미터를 추락해 불꽃처럼 산화한 신상만. "등반은 깊이 빠져들수록 죽음과 떼어놓을 수 없는 것 같다."라고 말하던 그였다.

2008년 설악산 염주골에서 홍콩 경찰청구조대를 교육하던 중 눈사태에 묻혀 이승을 하직한 김형주. 재기와 유머 넘치는 화법으로 주변 사람을 즐겁게 하던 그는 히말라야의 긴 원정기간 중 턱수염을 기르고 파키스탄 사람 특유의 양털 모자를 쓴 자신을 '핫산 김'이라 자처하며 동료들을 즐겁게 했다.

히말라야 8,000미터급 고봉 14개 레이스에 몸을 던진 고미영은 완등의 꿈을 접은 채 2009년 낭가파르바트에서 하산 중 죽음의 나락으로 떨어졌다. 그녀는 교육현장에서 수강생들에게 자상한 누이였고, 학생들의 분발을 촉구하는 인기강사였다. 탈레이사가르에서 죽음을 맞은 동생의 뒤를 이어 2011년 촐라체 북벽에서 죽음을 맞은 김형일은 산에서 못 이룬 꿈을 마음에 품은 채 세상을 떠났다.

나는 바쁘다는 핑계로 김기섭을 잊고 지냈다. 내가 교장 이임식을 앞두고 있을 때 그가 전화했다.

"저 김기섭입니다. 오늘 교장 이임식 있다는 소식을 듣고 전화 드렸습니다. 결코 짧지 않은 30년의 세월을 교육현장에서 고군분투하신 노고를 치하 드립니다. 저는 10년 세월을 선생님 곁에서 교육현장을 지켜왔기 때문에 오늘의 의미가 어떤 것인지 잘 알고 있습니다. 한걸음에 달려가 축하드리고 싶지만 마음뿐입니다."

그는 대화를 나누면서 수화기 저편에서 흐느끼고 있었다.

그의 말이 맞다. 강사들 모두는 교육현장에서 함께 뛰며 등산학교 30년의 역사를 만들어온 인물들이다. 그들이 힘겹게 이루어낸 결실이 30년 전통의 오늘을 일구었다.

나는 그에게 "기섭아! 실낱같은 희망이라도 버리지 말고 살자. 지금과 같은 속도로 의학이 발전한다면 아마도 네 삶이 끝나기 전에 치유가 가능할 거야. 그때는 네가 그토록 갈망하던 바위를 다시 오르게 될 거다."라는 말을 전하며 비통한 마음을 애써 삼켰다.

그는 부상 전 수많은 바윗길을 개척하며 시적 감흥이 풍기는 독특한 길 이름을 작명한 사람이다. 1989년 경관이 뛰어난 외설악 노적봉에 새로운 길을 열면서 '한 편의 시를 위한 길'이라는 시적 이름을 붙였다. 이름 덕분인지 많은 사람이 이 리지를 즐겨 찾는다. 또 그는 북한산 백운대에 '시인 신동엽길', '녹두장군길', '김개남장군길'을 열었고, 설악산 토왕골에 '별을 따는 소년들', 도봉산 자운봉에 '배추흰나비의 추억'과 설악산 석황사골에 '몽유도원도'와 미륵장군봉에 '체 게바라길'을 열었다. 그는 북한산 노적봉에 '즐거운 편지'와 홍천 강에 '별과 바람과 시가 있는 풍경'을 개척하기도 했다.

세상을 떠난 이들, 그리고 더 이상 함께 바위에 오르지 못하는 이들…. 하지만 여전히 나에게는 그들과 함께한 시간들이 추억으로, 가슴 저미는 아픔으로 오래도록 기억될 것이다.

4장

등산 장비의 변천사

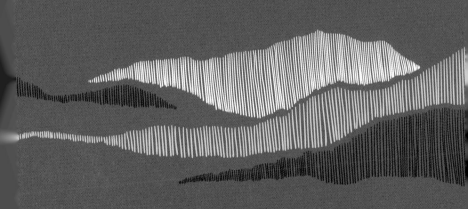

피켈에 얽힌
영욕의 역사

대부분의 산악인들이 그렇지만 나 또한 애장품 1호가 나무 자루로 된 피켈이다. 피켈은 등산의 기나긴 역사 속에서 산악인들과 영욕을 함께해온 용구다. 알피니스트의 생명을 지켜준 상징적인 용구로 피켈은 단순한 용구이기 이전에 알피니스트의 영혼이 깃든 상징적 의미를 지닌 물건이기도 하다. 여러 산악회의 기장이나 회기 등에 어김없이 등장하는 피켈은 그 실용성보다는 상징물로서 알피니스트나 등산의 의미를 더 부각시켜왔으나 첨단 산업기술에 의한 대량생산의 산물이 되면서부터 오늘날의 피켈은 단순·소모품 내지는 설산등반의 필수용구 정도로 인식이 바뀌었다.

도끼axe와 지팡이stick의 두 가지 기능을 조합시키려는 착상이 지금과 같은 피켈을 탄생시키는 동기가 되었다. 지금과 같은 형태의 피켈이 처음 등장한 것은 1854년 알프스 황금기가 시작된 베터호른 초등 때부터이니, 피켈은 150여 년이라는 기나긴 세월을 산악인과 함께 역사의 무대에서 부침을 함께해왔다.

피켈은 논란이 많았던 헤르만 불의 낭가파르바트 정상 등정을 증명해주기도 했다. 헤르만 불의 낭가파르바트 단독 초등은 지금에 와서는 의심할 여지가 없는 사실로 굳어졌으나, 한때는 이것을 의심하는 여론이 산악계에 팽배했었다. 정상에 오른 헤르만 불은 자신의 모습 대신 깃발을 매단 피켈 사진만 찍었는데, 이 사진이 정상 등정을 증명하는 유일한 증거였던 것이다. 1953년 7월 3일 오후 7시 정상에 오른 그는 아노락 재킷에서 작은 티롤 깃발을 꺼내 피켈에 매달고 사진을 찍고, 뒤이어 파키스탄 국기를 꺼내 같은 방법으로 사진을 찍은 후, 파키스탄 깃발과 피켈은 정상에 꽂아 둔 채 하산했다. 이 사진을 놓고 당시 산악계에서는 초등 여부에 의혹을 제기하며 격론을 벌였다. 특히 사진에 찍힌 피켈을 정상에 버려 둔 채 스키폴만 지니고 하산했기 때문에 등정 의혹을 더욱 증폭시켰다. 하지만 훗날 과학적인 감정으로 깃발을 매단 피켈 사진이 유일한 증거로 인정되었다. 이 사진 속에는 깃발 아래로 라키오트피크, 전위봉 너머의

플라토와 질버자텔의 은빛 안부가 펼쳐져 있었다.

헤르만 불이 정상에 두고 온 피켈은 그 후 누구도 발견하지 못한 채 46년이라는 긴 세월이 흐른 1999년 7월 일본 노동자연맹 낭가파르바트 원정대의 이케다 다케히도가 정상에서 바람에 찢겨진 깃발 조각과 암석 표면에 얼어붙은 녹슨 피켈을 발견해, 가지고 내려온다. 이 피켈은 90년 전통을 지닌 풀프메스 제작소에서 1953년에 제작된 것으로 밝혀졌으며, 헤르만 불이 정상에 오를 때 사용한 뒤 정상에 두고 온 것으로 밝혀졌다. 이 피켈은 헤드 부분에 카라비너 홀이 없는 것으로, 사진 속의 피켈과 일치했다. 당시 헤르만 불의 단독 초등에 강한 의혹을 제기해왔던 파울 바우어Paul Bauer도 이 증거물을 보고 비로소 그의 초등을 인정했다.

1933년에는 러틀리지 대장이 이끄는 영국의 제4차 에베레스트 원정대가 9년 만에 도전을 재개했지만 8,572미터 이상 오르지 못했다. 에베레스트 원정이 9년 동안이나 중단되었던 이유는 티베트에서 입산허가를 받지 못했기 때문이다. 이 원정대는 3캠프와 4캠프에서 오늘날 주로 쓰는 돔형 텐트를 최초로 사용해 그 기능의 우수함을 입증했다. 원정대의 일원이었던 스마이드는 "돔형 텐트가 허리케인과 같은 격렬한 폭풍설 속에서도 진가를 발휘하는 고마운 존재였다."라고 그 우수성을 격찬했다.

한편 이 원정대의 해리스와 웨저가 6캠프를 출발한 뒤 1시간 정도 오른 지점(8,229m)에서 한 자루의 피켈과 산소 마스크를 발견했다. 이 용구들은 1924년 3차 원정 때 의문의 실종을 한 맬러리와 어빈이 남긴 유품이었다. 실종 9년 뒤에 발견한 스위스제의 빌리슈willisch 피켈은 처음에는 맬러리의 것으로 알려져 영국산악회 도서관 벽에 걸린 채 38년 동안 방치되었다가 훗날 어빈의 것으로 확인된다. 실종 현장에 한 사람은 피켈을 또 한 사람은 유체를 남겼지만, 1999년의 수색대에 의해 신화의 주인공이었던 맬러리의 시체가 실종된 지 75년 만에 발견되었다. 맬러리의 시체 발굴 기록은 《에베레스트의 망령Ghosts of Everest》이라는 책으로 발간되어 많은 화제를 낳기도 했다.

오늘날 우리가 사용하는 피켈의 기본 기능은 알프스 황금기의 산물이기도 하다. 피켈의 형태가 점차 세련된 모습으로 자리 잡게 된 것은 황금기가 끝날 무렵이었다. 이 시기에 개발된 몇몇 용구는 당시의 형태를 한 세기 이상 간직한 채 오늘에 이르는 것도 있다.

알피니스트와 영욕을 함께 누리면서 오늘에 이른 피켈이 암살용 흉기로 둔갑한 일화도 있다. 러시아 혁명의 지도자 트로츠키는 스탈린과의 권력투쟁에서 패해 1929년 국외로 추방된 후 스탈린 반대활동을 펴오다가, 1940년 8월 망

명지 멕시코에서 스탈린이 보낸 자객의 피습을 받고 사망한다. 이때 자객이 사용한 암살용 흉기가 바로 프랑스의 유명 브랜드인 '시몽 피켈'로 확인되었다.

프랑스 알프스의 관문이 되는 산악도시 샤모니의 산악인 묘지에 가보면 죽은 산악인들이 평소에 사용하던 피켈이 묘소를 장식하는 기념물로 꽂혀 있음을 볼 수 있다.

키슬링,
향수 깃든 고생보따리

한때 산악인들 사이에서 운반용구로 널리 활용되던 고생보따리 키슬링kissling은 이제 구경할 수조차 없는 지난날의 유물이 되었다. 하지만 1960~1970년대까지만 해도 키슬링 배낭이 정통이던 시대가 있었다. 당시는 키슬링 배낭으로 무장해야 산악인 행렬에 낄 수 있었다. 좀 더 기능적인 운반용구가 없던 시절 키슬링은 유일한 운반수단이자 등짐의 대명사였다. 당시 키슬링은 학생 산악부의 하중훈련과 장기 등산은 물론이고 겨울철 동계산행에서 필수적인 기본 장비 역할을 톡톡히 해냈다.

플라스틱 연료통이 없던 시절 적설기 등반에 군용 철제 연료통(5갤런, 약 19리터)을 키슬링 위에 올려놓고 다니기도 했다. 당시 산악인들은 키슬링의 무게에 시달리며 산행을 했다. 양팔이 저려오고 어깨와 허리가 끊어질 것 같은 '고통을 참아내는 것'만이 키슬링을 지는 요령이었다.

나 역시 40년 전 지리산 종주를 계획하고 구례 행 야간열차를 타기 위해 서울역 승강장에서 객차 출구의 계단을 오르다 40킬로그램 정도 되는 키슬링의 무게를 이기지 못한 채 뒤로 벌렁 자빠진 일도 있다.

어느 해인가 설악산 서북주릉을 종주할 때의 목격담이다. 귀때기청봉의 가파른 오름길에서 앞서 가던 대학산악부의 신입회원 한 명이 일행에서 뒤처져 걸으면서 하중의 고통에서 벗어나려고 잠시 휴식을 취했으나 키슬링 무게 때문에 혼자서 일어날 수 없게 되자 선배 몰래 물통을 숲속에 버리는 광경을 목격한 일도 있다. 여름철 산행에서의 식수는 목숨보다 귀중한 생명수인데도 말이다. 군기가 빡센 대학산악부에서 키슬링이 얼마나 무거웠으면 저승사자와 같은 선배의 얼차려마저 불사하고 이런 일을 저질렀을까.

어떤 대학산악부 신입회원은 지리산 종주 중에 어깨가 마비될 정도로 압박해오는 키슬링 무게를 감당하지 못하게 되자 한밤중에 야반도주하기도 했다. 줄행랑을 친 후배 때문에 다음 날 이들은 후배의 짐을 나누어진 채 등반이 끝나는 날까지 고통스런 행군을 계속해야 했다. 그 후 이들은 야영지를 선정할 때 탈출이 용이한 도로 주변을 피한다는 수칙을 마련하기도 했다.

이런 키슬링 배낭은 스위스 그린델발트의 요하네스 키슬링Yohannes Kissling이라는 사람이 고안한 것으로 뚜껑이 없고 짐을 많이 넣을 수 있도록 옆으로 길게 퍼진 가로 형이다. 수림한계선 이상의 빙설지대를 지닌 산악환경에 적합하도록 고안된 배낭으로 우리나라 산악환경에는 어울리지 않는다.

우리나라에서는 1970년대 후반까지 장기산행에 많이 사용했다. 면 범포 소재를 사용해 방수가 취약했으나, 양옆에 포켓이 달려 용구 수납이 용이했다. 그러나 관목 숲이 많은 2,000미터 이하의 우리나라 산지에서의 등산은 가로 형보다는 세로 형 배낭이 더 효율적이다. 키슬링과 같은 가로 형 배낭은 우리나라 산악환경에서는 수풀에 걸리기 쉽고 너덜지대에서는 매우 불편하기 때문이다. 많은 용량을 수납할 수 있다는 장점을 지닌 반면, 등짐을 졌을 때 등판과 멜빵의 구조적 취약성으로 인해 요통을 유발하기 쉬운 것 또한 단점이다.

세로 형의 멋스럽고 기능적인 배낭이 보급되기 시작한 것은 1980년대 초반부터다. 이때부터 나일론 합성섬유의 화려한 색상을 지닌 외국제 배낭들이 수입되고 그 모양을 복

제한 국산품도 다양하게 보급되기 시작했다. 당시 이름값을 했던 외국 브랜드는 프랑스의 밀레, 라푸마, 영국의 카리모어와 버그하우스, 조 브라운, 미국의 취나드 등 독특한 형태의 세로 형 배낭이었다. 당시 활동 좀 한다는 산악인들은 이 가운데 하나쯤 지고 다녀야 이름값을 하던 시대였다.

어느 산악회의 악취미를 즐기는 한 선배는 외국제 새 배낭을 메고 오는 후배들을 보면 심술이 발동했다. 그날의 암벽등반 루트를 침니로 선택해 새 배낭을 엉망으로 만들어주기도 했다. 이런 분위기 탓인지 1980년대 초까지만 해도 하중훈련용으로 학생 산악부에서는 키슬링 배낭을 여전히 많이 사용했다. 특히 전통 있는 대학산악부에서는 대물림으로 애용했으나, 이제는 사라져 버린, 산악인들의 옛 향수가 깃든 용구로 전락해버렸다. 키슬링 세대 출신의 산악인이라면 이 고생보따리가 지난날의 자화상처럼 느껴질 것이다.

국내 모든 대학산악부가 키슬링을 폐기 처분했을 때 유독 성균관대 산악부는 전통을 고집하면서 끝까지 부원들의 체력증강을 위한 수련의 도구로 키슬링을 활용했다. 이들은 한순간도 걸음을 늦추지 않은 채 국내의 험봉을 오르내리면서 키슬링을 애용하며 산악부의 전통을 일구어왔다. 강훈 속에서 강병이 나온다는 말처럼 이들은 1980년대 한국의 해외 고봉원정 황금기에 키슬링을 메고 다져온 체력을 바탕으로 1981년 안나푸르나 남봉 한국 초등을 이룩하며 한국 히말라야 등반 성공 역사에서 네 번째 기록을 세웠다. 성균관대가 해외 고봉 등정에 대학산악부로서 독자적인 영역을 구축하며 저력을 키워온 것은 키슬링으로 다져진 체력이 주효했기 때문일 것이다.

키슬링을 체력강화의 도구로 활용하면서 전국의 산길을 누볐던 키슬링 세대의 막내들도 이제는 칠순의 나이가 됐고, 까만 머리는 반백으로 변했다. 그들은 산에서 무거운 키슬링을 내려놓았지만 평생을 져야 할 또 다른 키슬링이 앞에서 기다리고 있다. 그것은 바로 '삶'이란 키슬링이다.

야성의 세계에 세우는
하룻밤의 꿈

등산은 분명 의·식·주의 이동이며, 생활의 기본바탕에서 이루어지는 야외활동이다. 여러 날이 소요 되는 등산에서 막영은 필수적인 요소이기 때문에 텐트가 차지하는 비중은 매우 중요하다. 따라서 등산의 역사는 곧 텐트의 역사라 할 수 있다. 힘든 산 생활에서 휴식과 거주공간을 제공하는 텐트는 산악인의 오아시스라 할 수 있으며, 알피니즘과 기원을 함께할 정도로 꽤나 긴 역사를 지니고 있는 장비다.

텐트가 등산에 사용된 역사는 아주 오래되었다. 1787년 근대 등산의 아버지로 불리는 드 소쉬르가 몽블랑을 등정할 때 정상 부근에서 텐트를 친 기록이 전해지고 있다. 그때 드 소쉬르는 무게 70킬로그램에 가까운 막영구와 침구, 땔

나무까지 가지고 갔다.

또한 1861년 에드워드 윔퍼가 마터호른에 도전할 때 자신이 직접 고안한 텐트를 사용한 기록도 남아 있다. 당시 그의 텐트는 어떤 지형이라도 메고 올라갈 수 있을 만큼 가볍고 튼튼했다. 그리하여 텐트의 원조라고 할 수 있는 '윔퍼 텐트'가 만들어졌다.

이 텐트는 스코틀랜드산의 꺼칠꺼칠한 '포퍼'라는 무명천을 사용했고, 고소와 추운 곳에서 쓸 수 있도록 고무를 입힌 천으로 지붕을 덮었으며, 바둑판 무늬의 방수포 깔개를 쓴 정삼각형 모양의 4인용으로 4개의 물푸레나무 기둥을 사용했다. 이 텐트는 안데스에서 윔퍼, 코카서스에서 프레시필드, 히말라야 지역에서 콘웨이가 사용했는데, 그 결과 호평을 받았다. 이후 윔퍼 텐트는 개량을 거듭한 후 동계의 기본형으로 정착되었으며, 돔형 텐트가 출현하기 이전까지 많은 산악인들이 애용했다.

1953년 지구 최고봉인 에베레스트를 첫 등정할 때도 윔퍼 텐트의 개량형이 사용되었다. 잘 알려지지 않은 사실이지만 텐트의 경량화를 처음 시도한 사람은 머메리다. 그는 자신이 직접 제작한 머메리 텐트를 첨예한 등반에 사용했다. 머메리즘을 제창하고, 첨예한 등반을 몸소 추구한 머메리다운 착상의 결과이기도 하다. 이 텐트는 1905년 난다데

비에서 롱스태프가 사용하기도 했다. 1967년에는 윌런스가 고안한, 종래의 모양과는 전혀 다른, 박스형 텐트가 등장해 1970년 안나푸르나 남벽에서 진가를 인정받기도 했다. 사각형의 이 텐트는 급경사에서도 설치가 가능하고, 강풍에 강하며, 식수가 귀한 고소에서 지붕에 쌓인 눈이 녹으면 식수로 활용할 수 있다는 장점도 지녔으나, 너무 무거워 널리 보급되지 못했다.

오늘날 주종을 이루는 돔Dome형 텐트는 1933년 제4차 영국 에베레스트 원정대가 3캠프와 4캠프에서 처음 사용했다. 이 원정대는 맬러리와 함께 의문의 죽음을 한 어빈의 피켈을 발견해 더욱 유명해졌다. 이 팀의 일원이었던 스마이드는 허리케인과 같은 격렬한 눈바람 속에서도 진가를 발휘한 고마운 존재였다며, 돔형 텐트의 우수성을 높게 평가했다.

역학적인 구조를 가진 오늘날의 돔형 텐트가 출현한 것은 1947년 미국의 한 건축가에 의해서였다. 달걀 모양을 한 강도 높은 돔형 텐트는 바람이 강한 파타고니아 지역에서 우수성을 인정받은 다음 세계 도처로 보급되었다.

해방 후 우리나라에서는 무겁고 두꺼운 범포지 텐트가 성행했고, 6·25전쟁 이후에 미군용 A형 텐트가 전성기를 이루었다. 바닥이 없는 군용 텐트는 지주를 설치하고 팩을 박아 팽팽하게 고정시키는 일이 쉽지 않았다. 바닥은 습기 차단을 위해 군용 우의를 깔았다.

한반도 전체가 전란의 소용돌이 속에 빠져있던 1950년대는 등산 목적 외에도 군용텐트가 우리 민족의 수난사와 긴밀한 관계를 맺고 있다. 실향민을 위한 난민촌에도 미군용 대형 텐트가 난민을 수용하는 생활공간으로 쓰였으며, 학교의 가교사 역할도 했다. 전화로 파괴된 학교 건물 대신 운동장에 설치한 대형 군용텐트가 교실로 쓰였다. 나 역시 피난지 텐트교실에 칠판을 걸어놓고 쌀가마니를 깐 곳에서 바닥에 앉아 중학교 과정의 수업을 받았다.

시간이 흘러 1970년대에 이르러서야 윔퍼형과 퀀셋형의 나일론 천막이 보급되기 시작했다. 나일론 텐트를 히말라야 고소에서 사용해 등반성과를 얻은 것은 인류 최초로 8,000미터급 고봉 초등의 첫 영예를 얻은 프랑스의 안나푸르나 원정대다. 1950년 이 원정대는 장비의 경량화를 위해 신소재 섬유인 나일론으로 만든 로프. 우모 복. 침낭. 텐트 등을 사용해 기동성을 높였다. 후일 이들을 '나일론 원정대'라고 부른 이유도 이 때문이다. 오늘날 텐트의 소재는 나일론이 주종을 이루고 있으나 방수와 통기성의 문제가 해결 과제로 남아 있다. 그리고 고어텍스 텐트의 출현은 이런 문제들을 해소시켰다.

텐트의 종류에는 돔형, 터널형, 캐빈형, 롯지형 등이 있으며, 오늘날 주류를 이루는 돔형은 내부공간이 넓어 거주성이 좋고, 혼자서도 설치가 간편하며, 설치 후 장소 이동이 쉬운 점과 달걀 모양의 역학적인 구조 때문에 바람에 강한 특징이 있다. 캐빈형은 규모가 크고 거주성이 좋아 가족 캠핑이나, 원정등반 베이스캠프용으로 많이 사용하고 있다.

텐트는 산악인들의 단순한 쉼터가 아니라 자연과 어울리는 법을 배우고 뜨거운 우정을 교류하는 공간이다. 혼자서 하는 야영도 좋다. 텐트는 야성의 세계 속에서 자신의 다른 모습을 성찰할 수 있는 자기만의 성이기 때문이다.

자연의 냄새와 소리를 찾아 산속에 텐트를 쳐보자. 모닥불 옆에 앉아 밤하늘의 성근별을 바라보며, 산 친구와 노변담화를 나누며 밤을 지새우는 여유를 가져보는 것도 좋다. 여기에 향 짙은 원두커피 한 잔 곁들인다면 야영 분위기가 한층 더 살아날 것이다.

결속을 상징하는
생명의 고리

인간은 자유를 추구하는 반면 속박되기를 원하는 속성도 있다. 사람들이 쓰는 장신구 중에서 으뜸가는 것이 고리 장식이다. 목걸이, 팔찌, 귀걸이, 아프리카 흑인 여성의 코걸이 등이 그 예다. 이 고리는 바로 속박을 의미한다.

안전벨트가 나오기 전에 산악인들은 카라비너라는 쇠고리를 이용해 나일론 로프로 허리를 묶어 스스로를 속박했다. 산에 처음 입문하는 산악인들은 이 쇠고리를 이용해 자신의 몸을 속박하는 방법부터 배우며, 이 속박의 짓거리는 쇠고리를 통해 시작되었다. 이것은 곧 산악인으로서의 출발을 의미한다.

지금부터 80여 년 전, 이 땅의 선구적 몇몇 산악인들이 모여 만든 최초의 산악단체인 백령회는 신입회원의 입회식에서 동지로서 결속을 다진다는 의미로 이 쇠고리를 신입회원의 것과 연결하는 의식을 치렀다고 한다. 지금도 신입 산악인들에게 생일선물로 주는 물건 중에서 카라비너라는 이 쇠고리가 가장 인기가 있다. 우리와 같은 동류가 되라는 의미가 담긴 것이다. 이처럼 카라비너는 산꾼들에게 가장 많이 아낌을 받는 장비로 마음의 연결과 동지의식 그리고 결속의 상징이기도 하다.

인간은 그 나름대로 자기 고리를 쓰고 살아간다. 손오공은 머리에 쇠로 된 고리를 썼고, 예수는 가시 고리를 썼다. 그리고 서머셋 모음은 '인간의 굴레'라는 형이상학적인 고리를 세계문학사에 씌웠다. 창조주가 사람에게 숙명이란 고리를 주었듯 산악인에게는 카라비너라는 고리를 쓰게 만들었다. 산악인에게 있어 이 쇠고리는 마음의 터전이요, 산악인으로서 출발점이자 종점이기도 하다. 이 쇠고리를 궤几 대신 칠성판에 넣어 가지고 가는 산악인의 최후를 몇 번인가 본 적 있다. 평생에 그가 생명 이상으로 아끼던 물건이기 때문이리라. '결자해지'라는 옛말대로 산악인 스스로가 이 고리의 속박을 풀기 전에는 죽은 후에라도 산이 지닌 애환의 심연에서 헤어나기 어려울 듯하다.

대부분의 산악인들은 새 카라비너를 구입하면 바위에 올

려놓고 등반의 안전을 기원하며, 수명장고를 빈다. 산악인들이 무의식적이나마 숭산 신앙에서 발전된 애니미즘을 믿기 때문일까, 아니면 고난과 위험을 자초하는 그들 스스로가 위안을 얻고자 하는 바람 때문일까?

이 쇠고리가 흔치 않던 1960년대에는 소위 'US비너'라는 군용 카라비너를 신주 모시듯 산에 들고 다녔다. 지금처럼 가볍고 성능이 우수한 수입품은 거의 볼 수 없던 시기였다. 외국 제품은 어쩌다 해외여행자의 손에 들려 판매점 진열장에 한두 개씩 놓여 있을 뿐이었다. 이런 경로로 들어온 카라비너를 구입하려면 선금을 들고 달려가야 했다.

옛날이나 지금이나 산꾼들의 장비 욕심은 참 대단하다. 등반이 끝나면 자기 쇠고리 챙기기 작업에 돌입한다. 이때는 모두들 전선에 투입된 초병보다 더 예리한 눈빛을 보인다. 각자의 것을 챙긴 후 남는 쇠고리를 자기 것이라고 억지를 부리며 불로소득을 노리는 상습꾼들도 상당수다.

산악인들은 알고 있다. 이 속박의 쇠고리를 풀기 전까지는 등산이라는 병에서 자유로울 수 없다는 사실을.

가짜섬유
전성시대

등산 열풍이 지속되면서 등산인구가 1,800만 명을 웃돌고 있다. 올레길과 둘레길 등에는 인파가 넘쳐나고 아웃도어 의류의 수요는 나날이 늘어나고 있다. 이들이 입고 있는 값비싼 기능성 의류는 레저시장을 수조 원대로 키워냈다. 시장규모가 커지고 경제효과가 높아지는 것은 바람직한 일이다. 하지만 우리가 언제부터 이토록 값비싼 의류 구입에 과감하게 돈을 투자할 만큼 여유로웠는지 한 번쯤 돌이켜 볼 때다. 고기능 소재에 관심이 쏠리면서 거품가격이 형성되었고, 소비자들의 무한욕구는 제품가격을 올렸다. 명품 브랜드에 편중하는 소비자들의 의식개선도 한 번쯤 짚고 넘어갈 필요가 있다. 산은 인파로 북적대고 고급 브랜드로 치장한 의류패션 장으로 변해가고 있다. 최근 우리 아웃도어 시장의 명품 소비는 비약적으로 증가했다. 명품의 과시적 선호는 자연스러운 현상이긴 하지만 우리사회에서는 이런 경향이 매우 두드러진다. 이와 같이 고가 의류는 뜨거운 사회적 논란의 대상이 되기도 한다.

오늘날 아웃도어 의류는 천연섬유가 아닌, 인공의 가짜 섬유가 강세를 이루고 있다. 가짜인 것은 의류뿐만 아니라 그것을 입고 다니는 등산인 중에도 가짜가 많다. 외형만 값비싼 옷으로 치장했을 뿐 속이 차지 않은 등산인들이 많은 것이 문제다.

천연섬유에 대처한 인류 최초의 인조섬유는 나일론이다. 나일론은 폴리에스터, 아크릴과 함께 인공합섬섬유의 대표 주자로 현재까지 사람들의 의복생활에 막대한 영향을 끼치다 보니, 오늘날 인조섬유 없는 세상은 상상조차 할 수 없게 되었다. 나일론은 두 가지 이상의 섬유를 혼용하면 1,000가지의 성질이 합쳐진 많은 형태의 물건을 만들 수 있는 가장 다재다능한 물질이다. 일상생활에서 요긴하게 쓰이는 칫솔과 같은 소품에서부터 등산용품에 이르기까지 그 수요가 다양하다.

비단이 중화문명을 만들고 목면이 산업혁명을 불렀다면, 나일론은 20세기의 문명을 열었다고 할 만큼 나일론은 금세기의 기적으로 불린다. 나일론은 1938년에 처음 등장해 오늘날까지 그 수요가 지속적으로 이어져오고 있다. 1938년 미국의 듀퐁사는 전대미문의 섬유를 제품화했다. 폴리머를 녹여서 거미줄보다 가늘고 강철보다 강한 기적의 인공섬유를 제품화한 것이다. 이렇게 해서 석탄과 물, 공기 중에서 뽑아낸 최초의 인공섬유 '나일론'을 탄생시켰다. 나일론의 출현으로 인공의 가짜가 천연의 진짜를 누르는 세상이 되었다.

나일론이 상품으로 실용화된 것은 여성용 스타킹으로, 첫 한 해 동안 판매된 숫자는 무려 6,400만 켤레에 이르렀다고 한다. 1945년 나일론 스타킹이 시장에 출고되었을 때 그 인기는 폭발적이었다. 여성들이 상점마다 몰려와 폭동이 일어날 지경이었다. 샌프란시스코의 한 상점에서는 1만여 명의 여성들이 몰려드는 바람에 유리창이 깨지고, 일부 여성은 인파에 밀려 졸도하는 사태까지 벌어졌으며, 구매자들의 혼란을 진압하기 위해 경찰력이 동원되기도 했다.

나일론은 제2차 세계대전이 시작되면서 군용으로 위력을 톡톡히 발휘했다. 로프, 낙하산, 텐트, 절연제 등으로 쓰이며 연합군을 승리로 이끄는 데 한몫을 했다. 종전 후 나일론은 군수용품뿐만 아니라 생필품, 의료기기, 아웃도어 분야에까지 그 수요가 확장되었다.

1950년, 안나푸르나라는 8,000미터급 고봉을 인류 최초로 오른 프랑스 원정대는 장비의 경량화를 위하여 나일론 소재의 용품을 대거 동원해 고산등반에서 나일론을 최초로 사용한 팀이라는 역사적인 기록을 남겼다. 이들은 두랄루민 소재의 경금속 장비들과 최신섬유인 나일론으로 만든 텐트를 사용해 기동성을 높였으며, 우모복, 로프, 방풍용 겉옷, 우모장갑, 배낭 등 경량의 나일론 장비들을 동원해 알프스식의 속공전법으로 통상 1개월이 소요되는 8,000미터급 고봉을 18일 만에 등정했다. 후일 이들을 가리켜 '나일론 등반대'라 부른 이유도 바로 이 때문이다. 등반의 안전과 효율성을 보장해주는 로프는 나일론이 출현하기 전까지만 해도 마닐라manila삼이나 사이잘sisal삼과 같은 천연섬유로 된 무거운 로프가 사용되었다. 이처럼 나일론 로프의 출현은 등반의 역사를 다시 쓰게 했으며, 안전과 속도라는 두 가지의 상반된 개념 모두를 충족시켜주었다.

아웃트로 패션으로
진화한 등산복

요즘 신문광고의 절반은 등산복 광고이다. 또한 각 제조업체는 연예인을 앞세워 고기능 제품을 주력 상품으로 내놓고 TV 광고를 통해 수요자들에게 접근하고 있다. 그만큼 등산복의 수요가 급증했음을 보여주는 증거라 할 수 있다. 평일 도심 한복판에 나가면 온통 등산복을 입은 사람들이 거리를 메우고 있는 모습을 쉽게 볼 수 있다. 이제 등산복은 산에 가는 사람만이 착용하는 옷이 아니며 일상복으로 둔갑한 지 오래다.

아웃도어 의류가 등산복에서 일상복으로 자리 잡으면서 도심용과 야외용이라는 경계가 허물어졌다. 산과 도심에서 겸용할 수 있는 옷이라는 의미의 아웃도어outdoor와 메트로

metro를 결합한 '아웃트로outtro' 패션이라는 신조어까지 생겨났다. 등산복이 일상복으로 활용 가능한 디자인으로 개선되면서 아웃도어 의류는 아스팔트 위를 뒤덮고 있다. 주 5일 근무제 확산으로 국민들의 생활패턴이 바뀌면서 직장인들이 일을 마친 후 곧바로 근교의 산이나 야외에 나가 레저 활동을 하는 생활양식 또한 아웃트로 패션을 더욱 확산시키는 결과를 가져왔다. 이제 등산복은 아웃도어 의류라기보다는 나들이용 활동복으로 변했다. 가장 큰 매력은 결혼식과 장례식을 제외하고는 어떤 장소에서나 편하게 사람들의 눈치 보지 않고 입고 다닐 수 있게 됐다는 점이다. 앞으로도 아웃도어 의류는 단순한 등산복의 기능을 넘어 맵시 좋은 일상복으로 계속 발전할 전망이고, 그 규모 또한 더 커질 것이며, 명품 선호 수요 역시 더 늘어날 것으로 예상된다.

등산복은 1970~1980년대와 비교해보면 격세지감이 느껴질 정도로 급속한 변화를 가져왔다. 헌옷가지나 군복을 개조해 입고 산에 다니던 시대가 이제는 정말 먼 옛날처럼 느껴진다. 고가의 바지와 고어텍스 재킷을 풀세트로 장만하려면 보통 100만 원이 훌쩍 넘는다. 싸구려 중고차 한 대 값이다. 또한 비싸고 차별화된 제품을 좋아하는 사람들이라면 국내제품보다 더 비싼 수입브랜드를 선호하는 것이 현실이다 보니 고가의 수입제품들이 인기를 끌고 있다. 캐나다, 이탈리아, 미국, 스위스, 스웨덴 등지의 해외 유명 브랜드들이 밀물처럼 밀려와 초고가 라인을 형성하고 있다. 국내에서 최고의 인기를 누리고 있는 북미의 한 브랜드는 독특한 디자인과 색상 때문에 많은 수요자를 확보하고 있다. 또한 유럽의 한 유명 브랜드 제품은 꽈배기처럼 비틀리고 두드러진 봉제선과 찢어진 자리에 천을 덧 대고 누더기처럼 누빈 모양을 해서 '저것도 멋인가' 하고 위화감을 주었으나 어느덧 사람들 눈에 익어가는 모양새다.

1,800만 국민이 산에 오르는 시대가 되었지만 등산복 구입비용은 여전히 만만치 않은 것이 현실이다. "돈 없으면 산에 오르기 쉽지 않다."라고 말하는 사람들도 상당수에 이르고 있다. 머리부터 발끝까지 돈으로 감싼 고가의 등산의류와 용품은 경제력을 나타내는 과시적인 도구로까지 전락해가고 있다. 뒷산 약수터에 오르면서도 등산복은 8,000미터 고산등반 수준이다. 값비싼 고기능 의류는 고산과 극한지역에서 생명을 유지하기 위해 개발된 것이지 산 중턱에 있는 약수터나 둘레길을 걷는 데 쓰이는 필수 의류가 아니다.

군복 염색해 입고 다니던 세대의 한 산악인이 수십 년 만에 북한산에 와보고는 놀라움을 금치 못한 채 "값싼 중저가 등산복 걸치고 산에 가면 왠지 쪽팔린다는 생각에 기가 죽어버린다."라는 말을 했다.

　등산조차 사치로 치부하던 1960~1970년대에 산에 다니던 산악인들은 짐짓 억센 야성의 모습을 드러내 보이려고 헌옷을 누덕누덕 기워 입거나 고쳐서 입고 다녔다. 산적인지 걸인인지 구별하지 못할 만큼 허름한 모습을 멋으로 알고 다니던 시대였다. 당시의 산악인들은 전쟁 잉여물자로 배낭을 채우고, 누더기 옷을 걸친 채 산에 다녔으나 지금의 산악인들보다 행복지수는 더 높았고, 감성도 풍부했으며, 자부심 또한 하늘을 찌를 듯 당당했다.

산쟁이들의
장비 욕심

옛날이나 지금이나 산쟁이들은 장비 욕심이 대단하다. 등산장비가 턱없이 부족했던 1960~1970년대는 더욱 그랬다. 장비를 소중하게 다루고 아끼는 것이 산쟁이들에게 계율처럼 여겨지던 시대였다. 어쩌다 모르고 로프를 밟거나 깔고 않으면 엉덩이에서 불이 날 정도로 선배로부터 야단을 맞았다.

어느 해 여름, 설악산 울산바위로 등반을 갔다. 선등자 김진원이 등반을 하면서 순조롭게 두 번째 마디를 끝내고 세 번째 마디의 오버행 턱을 넘어서려는 순간 갑자기 10여 미터 가량 추락했다. 그는 허공에 대롱대롱 매달려 빙글빙글 돌다가 멈춰 섰다. 그러자 아래에서 이를 지켜보던 선배 한 사람이 "야! 진원아 로프 상한 데 없니?"라고 소리치며 로프의 손상 여부부터 확인했다. 당시는 이처럼 장비를 자신의 분신이나 자식 이상으로 애지중지하던 시절이었다.

　이날 김진원은 추락 지점에서 전화위복의 기회를 잡아 횡재를 한다. 그가 뒤집힌 자세로 전면의 바위 구멍을 바라본 순간 보랏빛의 광채를 띤 천연 자수정을 발견한 것이다. 그는 눈을 의심했다. 추락의 충격으로 인한 착시현상인가 의심하면서 다시 확인했다. 그러나 그 바위구멍 속에는 분명 허벅지 굵기만 한 천연 자수정이 빛을 발하고 있었다. 수백 년 동안 삭마작용을 일으켜 속살을 드러낸 채 그를 기다려온 자수정과 운명적인 해후였다. 추락의 노고를 보상하기 위해 울산바위 산신령이 그에게 큰 선물을 한 것일까? 그날 저녁. 계조암 옆 캠프지로 돌아온 대원들은 뜻밖의 전리품을 놓고 분배방식에 대한 논의가 있었다. 팀 전체의 소득이니 공정한 방식으로 분배하자는 의견과 최초 발견자에 대한 선취특권을 인정하자는 두 가지 의견이 대립되었다. 결국 이 수정은 최초의 발견자에게 돌아갔고, 백수였던 그는 장비 구입을 위해 당시 주공의 중견간부로 있던 선배 G씨의 손에 이 수정을 넘긴다. 그 후 그는 한국 남극 탐험대의 일원으로 남극 최고봉 빈슨 매시프를 한국인 최초로 등정했다.

그런가 하면 고물 장비 수집에 혈안이었던 재미산악인 전수철. 그의 별명은 '딱쇠'다. 그가 휘두르는 망치 소리에 하켄이나 볼트 같은 쇠 장비가 그의 소유가 됐기 때문이다. 그는 기존 루트에 불필요하게 설치된 장비를 회수하는 데 남다른 솜씨를 자랑했다. 클린 클라이밍clean climbing을 위한 바위길 정리를 명분으로 내세웠지만, 그의 속내는 회수한 장비를 챙기자는 것이었다. 이런 일로 그는 하켄을 많이 사용하는 산쟁이들에게 따가운 눈총을 받기도 했으나 전혀 아랑곳하지 않았다. 그런 그가 어느 날 새벽에 전화를 했다.

"형님, 오늘 도봉산에서 미군 특수부대 애들이 산악훈련을 합니다. 걔들은 하켄을 바위에 박아 놓으면 버리고 간다고 하니 왕건이(하켄) 빼러 갑시다."

우리 둘은 의기투합해서 천축사 위쪽의 볼더boulder(연습바위)에서 훈련을 끝낸 미군들이 사라진 뒤 20여 개의 군용 하켄을 뽑아왔다.

그는 바위를 시작하기 전에 바위 아래를 서성대며 보물찾기에 분주하다. 다른 등반자가 실수로 떨어뜨린 슬링, 카라비너, 하켄 등을 줍기에 혈안인 것이다. 이런 식으로 수년간 모은 카라비너 숫자만도 50개 정도라고 했다. 장비점 근처에는 얼씬도 않던 그가 남보다 갑절 이상의 장비를 지니고 있는 것이다. 그는 지금도 미국에서 열심히 산에 다니고 있다. 몇 년 전 귀국했을 때 그는 구곡폭포에서 나와 함께 30년 만에 로프를 함께 묶고 빙벽등반을 했다. 그는 시원스레 선등을 하는 윤재학의 탁월한 기량을 극찬하면서 카라비너 몇 개를 선물하고 돌아갔다. 천하의 구두쇠가 후배를 배려하는 광경을 보고 세월의 흐름이 사람을 변하게 할 수 있다는 사실에 내심 감탄했다.

울산바위에서 추락하면서 횡재를 한 사람이 있는가 하면, 거금을 잃었다가 다시 찾은 사람의 이야기 또한 추억으로 떠오른다. 1980년대 국산 등산화의 선두주자로 국내 시장을 제패했던 레드페이스의 CEO의 최성수. 그의 원래의 직업은 국세청에 적을 둔 세리였으나 자기가 선택한 길을 가기 위해 천직으로 삼았던 공직생활에 마침표를 찍고 1984년 히말라야 자누Jannu(7,710m) 북벽을 향해 인생항로를 수정했다.

그는 원정훈련의 일환으로 출국 몇 개월을 앞두고 울산바위에서 등반을 했다. 그곳 중앙벽 세 마디를 오른 뒤 넓은 테라스에서 잠시 휴식을 취하기 위해 배낭을 벗어 바위에 올려놓는 순간 실수로 배낭을 놓쳐 버렸다. 허공을 향해 사라져가는 빨간색의 배낭을 망연자실한 표정으로 바라보는 그의 얼굴이 백지처럼 창백하게 질리면서 허둥댔다.

"형. 큰일났습니다. 저 배낭 속에는 원정 비용에 쓸 500만

원이 들어 있습니다. 이 일을 어쩌면 좋지요?"라고 말하면서 벌레를 씹은 표정을 지었다. 우리는 즉시 서둘러 하강했고 배낭이 떨어진 지점을 찾아 숲속을 뒤지기 시작했다. 그러나 배낭의 행방이 묘연했다. 모두가 지쳐 체념할 무렵 울산바위 밑에서 야영을 하던 관동대 산악부 학생을 만나 배낭의 행방을 물어보았다. 그때 한 여학생이 텐트 안에 들어가 빨간색 배낭을 들고 나왔다. 그가 전한 배낭 안에는 묵직한 화폐 뭉치가 온전하게 들어 있었다. 이 배낭을 영영 찾지 못했다면 그는 하얀 산에 대한 열망을 접었을 것이고, 그의 인생행로가 조금은 달라졌을 것이다. 그가 직장과 맞바꾼 원정의 성과는 자누 북벽 세계 최초의 동계 초등이라는 영예를 남겼다.

등산 소통을 가로막는
잘못된 용어들

잘못된 용어가 횡행하는 게 바로 등산 분야다. 지금부터라도 그릇된 용어를 바로잡지 못하면 그 용어에 익숙한 채 성장할 다음 세대에 가서는 바로잡을 기회마저 갖지 못하게 될까 염려된다. 등산문화란 그리 전문적이고 특이한 것이 아니라, 용어 하나라도 정확하게 사용하는 데서부터 시작된다.

잘못된 용어는 심지어 신문기사에서도 볼 수 있다. 등산 관련 사고가 일어나면 모든 매체가 경쟁하듯 기사를 싣는다. 그렇다 보니 함량미달의 기사가 속출하는 부작용도 불가피한 지경에 이르고 있다. 고산에 오르는 등반을 알파인 스타일이라고 쓰는가 하면, 어떤 기사는 방한용 목출모(目

出帽)인 '바라클라바balaclava'를 '바카라바'로 쓰는 경우도 있다. 그러나 이런 복잡한 정식용어는 처음 쓰는 사람들 입에는 잘 붙지 않는 것이 사실이다. 이런 용어는 외래어에 대한 발음의 정확성에 대한 문제이지만 알파인 스타일을 모든 고산등반에 적용해 쓰는 것은 그 의미를 왜곡시키는 크나큰 오류를 범하는 것이다.

근대등산이 유럽 알프스에서 시작되었고, 산악인들 사이에서 사용하는 등산용어 또한 알프스 주변 국가에서 시작돼 일본을 통해 우리에게 전해졌기 때문에 등산용어가 독일어, 프랑스어, 이탈리아어, 영어, 일어 등 외국어들로 뒤섞인 것이다. 사정이 이렇다 보니 이들 용어 가운데는 서구권에서 전혀 통용되지 않는 가짜 외국어, 즉 일본식 외국어도 여럿 포함돼 있다. 현실이 이렇다 보니 등산 관련 용어 때문에 애먹는 사람이 많이 생겨날 수밖에 없다.

다음의 예는 등산서적 특히 일본 번역 서적이나 산에서 흔히 들을 수 있는 일반적인 용어들이다. 코펠, 버너, 비브람, 유마, 오버 트라우저, 아이젠, 짜, 설동, 샛삐雪庇, 아부미足踏, 악인岳人, 악우岳友.

이 가운데 우선 우리가 가장 많이 쓰는 코펠을 살펴보자. 취사야영 금지조치가 실시되기 전만 해도 버너와 코펠은 등산을 하는 사람들이면 주민등록증처럼 휴대하고 다니던 필수용구였다. 산에서 음식을 조리해 먹는 일을 등산의 낙으로 여기던 시절의 일이다. 지금도 백두대간을 단독종주 할 때나 장기산행을 떠날 때 버너와 코펠, 캠핑장비는 필수적이다. 그러나 이토록 많은 등산인이 애용하는 버너와 코펠의 이름도 잘못 쓰이고 있으니 딱한 노릇이다. 코펠은 독일어로 'Kocher'이다. 발음은 독일에서도 지방에 따라 '콕헬' 또는 '콕허'로 한다지만 우리나라에서는 휴대용 취사용구 세트를 의미하며 코펠이라고 부르고 있다. 그러나 원래의 의미는 취사용구가 아닌 끓이는 도구라는 뜻에서 영어의 스토브stove 계통의 기구를 의미한다. 즉, 가솔린이나 가스를 연소시키는 장치를 의미하는 것이지, 등산용 취사냄비는 아니다. 독일에서는 코헬이 스토브의 뜻으로 쓰인다. 코펠은 이제 국어사전에까지 '등산용 취사도구'로 버젓이 올라있으니 지금 와서 고쳐 쓴다는 것도 현실적으로 어렵게 되고 말았다. 그러나 외국 사람들과 어울려 등산을 하거나 캠핑을 할 때 이런 말을 쓰면 그들과의 의사소통에 문제가 발생할지 모른다.

국민소득 2만 달러 시대에 접어들면서 외국의 명산에 나갈 기회가 많아졌다. 이제 등산도 국제화시대를 맞은 셈이다. 외국 산에 가면 외국 산악인들과 접촉할 기회가 많아지는 것은 물론 이들과 함께 산행할 때 등산용어를 바르게 사용하지 않아 의사소통을 어렵게 하는 경우도 있을 것이다. 이런 일은 국내산에서도 마찬가지다. 바른 용어를 사용하고 용어가 만들어진 역사적인 배경과 어원을 알고, 이를 보급하는 것이 양식 있는 산악인이 할 수 있는 중요한 몫이다.

또 산악인이라면 등산화의 대명사처럼 불리는 '비브람 등산화'를 모르는 사람은 없다. 그러나 비브람vibram은 등산화가 아니며, 고무창 바닥을 요철 모양으로 만든 이탈리아 고무창 제조회사 이름이다.

비브람 창은 1935년 이탈리아의 유명한 산악인 주스토 제르바수티의 요청으로 비토리오 비브람에 의해 고안되었다. 가죽 창에 쇠 징을 박던 배열에 따라 고무창 모양을 떠서 만든 제품으로 이 고무창의 제조사 이름Vibram SPA of Italy을 등산화 이름처럼 부르게 된 것이다. 이 고무창은 같은 해 엘프와드Ailefroide(3,954m) 북서벽 초등 때부터 실용화되기 시작했으며, 이 등반에서 제르바수티는 비브람 창을 댄 등산화의 뛰어난 기능에 찬사를 아끼지 않았다. 이후 비브람 창은 급속히 보급되어 1938년 캐신의 그랑드조라스 워커스퍼 초등과 같은 역사적인 등반에 사용되면서부터 그 진가가 널리 알려지게 된다.

등강기ascender의 대명사처럼 알려진 유마jumar 또한 그렇다. 유마는 스위스 등강기 제조사의 브랜드다. 프루지크 prusik 마찰매듭의 기능을 기구화한 것이 등강기이다. 이 장비는 1959년 스위스 가이드 유시Jusi와 공학박사 마르티Marti에 의해 개발되었기 때문에 두 사람의 이름을 따서 유마라는 상품명이 붙여진 것일 뿐 등강기의 이름은 아니다.

등산의류 중 방풍과 방수의 용도로 입는 상하의 모두를 오버 트라우저over trouser라고 부른다. 그러나 이 또한 잘못 쓰이는 말이다. '트라우저'란 덧바지만을 뜻하며, 상의는 포함되지 않는다. 위에 입는 덧옷은 오버 재킷over jacket으로 구분해 불러야 한다.

눈이나 얼음에서 신는 아이젠eisen은 독일어로, 슈타이크아이젠steigeisen을 줄여서 부르는 말이다. 그 뜻을 새겨보면 steig(오르다)와 eisen(쇠)이다. 영어의 클라이밍 아이언 climbing iron과 같은 뜻이다.

등산용 자일(seil, 독어)을 '짜'로 부르는 사람도 있다. 어원이 불분명한 국적불명의 이런 비속한 말들은 다듬어 쓰는 것이 바람직하다. 심지어는 자일을 위로 당겨달라는 표현을 '짜먹어', 하강용 자일을 벼랑 아래로 내려뜨릴 때 '낙짜'라고 그 의미를 알 수 없는 합성어까지 만들어 쓰는 사람도 있다.

겨울철 대피용 비박 굴로 쓰는 설동은 스노홀snow hole에

해당하는 일본용어다. 일본용어의 잔재라 할 수 있는 설동보다는 우리말의 '눈 굴'이 더 좋을듯하다. 설동이라는 말을 처음 접하게 되면 등산지식이 없는 한 자칫하면 '눈 쌓인 동네'로 오해할 수도 있다.

겨울 산의 능선이나 벼랑 끝의 바람맞이 사면에 지붕처마처럼 얼어붙어 매어달린 눈의 층을 영어로 커니스cornice, 우리말로는 눈처마라고 한다. 그러나 아직도 샛삐라는 일본용어를 고집하는 사람도 있다.

입에 밴 표현을 단번에 바꾸는 것은 물론 어려운 일이겠지만 등산인구가 갈수록 늘어나는 지금, 등산용어도 다시 한번 점검해봐야 할 때이다.

등산의 완성은
떠난 자리로 돌아오는 것

현명한 산악인은 자신이나 다른 사람의 다양한 사고 사례를 거울삼아 항상 무언가를 배운다. 이렇듯 다른 사람의 체험을 자기의 것으로 소화할 수 있다면 위기대처 능력 또한 높아질 수밖에 없다.

빙벽등반 겔렌데에 가본 사람들이라면 아찔한 순간을 수없이 목격하거나 경험한다. 낙빙에 의한 부상, 매듭풀림 사고, 아이스툴을 떨어트리는 사고, 얼음의 붕괴 등 수많은 위험요소와 마주치게 된다. 특히 낙빙에 의한 부상은 상당수에 이르고 있다. 70퍼센트 이상의 산악인들이 낙빙에 의한 부상을 경험한다. 오히려 낙빙에 맞지 않은 사람이 특이한 사례로 등장할 정도다.

2016년은 엘니뇨 여파로 이상난동이 지속되면서 결빙시기가 늦장을 부렸다. 갑자기 낮아진 기온으로 결빙된 응집력 약한 얼음이 오후의 기온 상승으로 자체무게를 지탱하지 못해 지지력을 잃고 무너진 일도 있었다. 판대아이스파크 개장 첫날, 100미터 폭 상단 오버행에 매달려 있던 수백 킬로그램짜리 얼음이 붕괴되어 대형사고로 이어질 뻔했다. 다행스럽게도 그 얼음 덩어리는 강바닥의 얇은 얼음을 뚫고 물속으로 잠겨 여러 사람이 얼음파편 세례는 면할 수 있었지만 아찔한 순간이었다.

빙벽등반 사고를 유형별로 살펴보면 가장 많은 것이 낙빙에 의한 부상이다. 1993년 2월 강촌의 구곡폭포를 25미터쯤 올라가던 C씨는 위에서 떨어트린 낙빙을 맞고 그 충격으로 바닥까지 추락해 사망한 일도 있었다. 이 사고는 중간 확보물을 한 개도 설치하지 않은 채 등반하다가 바닥까지 떨어져 화를 당했다. 1992년 2월 토왕성 빙폭 등반 중 한 산악인이 낙빙에 맞아 중상을 입은 후 후송 3일 만에 사망한 일도 있었다. 낙빙 사고는 어제오늘만의 일이 아니다. 안면에 가벼운 찰과상 정도를 경험한 사람은 헤아릴 수 없을 정도로 많다.

2014년 1월 강촌의 구곡폭포에서 등반 준비 중이던 한 여성은 위에서 떨어트린 낙빙이 헬멧 뒷부분을 강타하자 주먹 크기의 구멍이 뚫리면서, 그 충격으로 빙벽에 얼굴을 부딪치며 10센티미터 정도의 깊은 상처를 입고 봉합수술을 받은 일도 있었다.

2016년 1월 17일 판대아이스파크에 300명 정도의 산악인들이 몰려왔다. 빙벽에 걸린 로프는 어림잡아 70~80동이었다. 마치 연날리기 대회장의 모습과 같은 진풍경을 연출하고 있었다. 여기저기서 "낙빙!" 소리가 단말마의 비명처럼 울려 퍼졌고, 등반자들은 총탄이 퍼붓는 고지를 향해 돌진하는 병사의 모습을 방불케 했다. 이날도 예외 없이 크고 작은 낙빙 사고가 여러 건 발생했다.

위쪽에서 고드름 정리 작업을 하면서 떨어트린 헬멧 크기의 낙빙에 맞아 늑골 골절상을 입은 하강자도 있었다. 안면에 찰과상을 입고 피를 흘리던 한 산악인은 "이건 빙벽등반이 아니라 전투네."라고 투덜대면서 상처를 치료받고 있었다. 빙벽등반 시즌이 막바지에 이른 2월 10일 판대아이스파크 60미터 빙벽을 오르던 Y씨는 헬멧 두 배 크기의 낙빙을 맞고 경추부상으로 하반신마비 증세를 일으켜 병원으로 후송되었으나 평생 회복할 수 없는 하반신불구의 장애인이 되었다.

낙빙은 등반 기량과도 관계가 있다. 노련한 등반자일수록 낙빙을 적게 만들고, 초보자일수록 얼음을 많이 떨어트린다. 초보자는 타격지점을 선별할 줄 아는 안목이 없기 때문이다. 정확한 타격지점을 고르는 것이 아이스툴을 신속하고 튼튼하게 설치하며 낙빙을 줄일 수 있는 열쇠다.

다른 사람이 오르는 중에 등반선 위쪽에서 고드름 제거 작업을 하는 사람도 있다. 이건 분명 미필적 고의로 볼 수밖에 없다. 문제는 타인의 등반을 배려하지 않는 데서 발생한다. 또 앞서 오르는 다른 팀의 등반자 발밑으로 바짝 접근하며 오르는 '따라붙기식'의 등반은 낙석에 의한 부상을 자초하는 일이다. 낙빙은 자신만이 아니라 다른 등반자에게도 피해를 줄 수 있다. 낙빙을 발생시켰을 때는 지체 없이 "낙빙!" 이라고 크게 외쳐 아래쪽에 있는 사람이 대피할 수 있도록 조치해야 한다. 낙빙을 하고도 모르쇠로 일관하는 침묵형의 얌체족도 많다.

산악인이라면 낙빙과 같은 위험도 등반의 일부로 보고 대비하는 지혜가 필요하다. 산악사고는 예방이 최선책이며 철저하게 준비된 사람에게는 재난도 피해간다. 또한 여러 사례를 통해 안전에 필요한 지식을 배우는 것은 매우 중요한 일이다.

어처구니없는 매듭 풀림 사고

—

대부분의 인공 빙벽에서는 등반자의 안전을 위해 선등자가 추락 방지 확보물을 설치하며 오르는 리딩 방식보다는 톱 로핑 방식의 등반을 권하고 있다. 이 때문에 새로운 유형의 매듭풀림 사고가 종종 일어나고 있다. 등반자가 검증되지 않은 매듭을 사용하다가 체중이 부하되었을 경우 매듭이 풀려 추락하는 경우다. 이런 유형의 사고는 등반자 자신의 주의력 부족과 매듭 활용법의 무지가 원인이다.

톱 로핑 등반에서 가장 많이 사용되는 것은 고리8자 매듭이다. 문제로 지적된 매듭은 고리8자 매듭을 완성하고, 나머지 로프의 끝처리를 할 때 옭매듭으로 마무리하지 않고, 매듭 본체 위쪽으로 여분의 로프를 빼내어 처리하는 방법이며, 매듭 본체에 고리 하나가 더 만들어진다. 이 방법은 사용하지 않는 것이 좋다. 사용자가 착오를 일으켜 이 매듭 고리에 안전벨트의 카라비너를 연결할 경우 고리 풀림으로 인한 추락사고가 일어날 수 있기 때문이다. 그동안 인공빙벽에서 이런 일이 수차례나 발생해 여러 명이 중상을 입었다. 등반에 사용되는 매듭은 등반자의 안전과 관계되므로 그 용도를 정확하게 알고 사용해야 한다. 가장 안전한 방법은 등반자 안전벨트에 되감기8자 매듭을 사용하는 것이다.

톱 로핑 등반에서는 다소 번거롭더라도 확실한 매듭을 사용하는 것이 안전하다. 어떤 매듭을 사용하느냐는 개인의 취향이지만 확실하게 검증된 매듭을 사용해야 한다. 또한 등반 전이나 하강 전에는 반드시 매듭을 확인하는 습관을 기르는 것이 중요하다. 그동안 판대아이스파크에서는 이런 유형의 사고가 세 차례나 발생했다. 빙벽등반의 달인급인 모 등산학교 강사 부인도 이런 매듭을 사용하다 심한 부상을 입었다. 2016년 1월에도 판대아이스파크에서 이런 유형의 사고가 또 한 번 발생했다. 다행히 추락자는 강바닥의 얇은 얼음이 깨지면서 물속으로 떨어져 큰 부상을 면할 수 있었다.

흉기로 둔갑한 아이스툴

—

등반 중에 실수로 아이스툴을 떨어트린다는 것은 상상만 해도 모골이 송연할 정도로 몸이 오싹해진다. 떨어지는 아이스툴은 다른 사람의 목숨을 앗아가는 예리한 흉기로 돌변할 수 있기 때문이다.

2016년 1월 11일 위쪽 등반자가 떨어트린 아이스툴이 아래쪽 등반자의 종아리를 관통해 중상을 당한 사고가 있었다. 당시 떨어지는 아이스툴이 심장이나 장기 등 신체의 중요 부위를 관통했다면 사망으로 이어졌을 것이다. 손아귀 힘이 약한 등반자라면 손목걸이를 사용하는 것이 안전하다. 손목걸이는 아이스툴의 떨어트림을 방지해준다. 또한 손목걸이는 경사가 심하거나 수직의 얼음에서는 힘을 절약하게 해주는 필수품이다. 최근 첨예화한 고난도 기술등반에서는 손목걸이가 안전을 방해하는 경우도 있으며 경기 등반에서는 손목걸이를 인공적인 보조물로 간주해 사용을 금하고 있지만, 이는 고급 기술을 구사하는 고수들의 문제일 뿐, 초심자들이 이를 모방하면서 위험을 자초하는 일은 바람직하지 않다.

등산의 완성은 안전하게 돌아오는 것이다. 어떤 등산가는 "등반은 선택이지만 귀가는 필수다."라는 말을 남겼다. 귀담아 들어야 할 경구다. 등산의 완성은 출발지점으로 안전하게 돌아오는 것이라는 점을 간과하지 말아야 한다.

맺는 글

이 책은 나의 두 번째 에세이집으로, 이전의 책 《그곳에 산이 있었다》에서 못다 한 이야기들을 모아서 정리했다. 출판사에 원고를 넘기고 제목을 결정하는 일부터가 큰 산으로 다가왔다. 제목이 결정되기까지는 여러 사람이 의견을 보내왔다.

월간 〈산〉 편집장 출신의 전 국립등산학교장 안중국, 월간 〈마운틴〉의 전 편집장 박성용, 〈알피니스트〉의 발행인 이영준은 내 칼럼 100회 연재를 마무리하는 동안 수고를 많이 해주었다. 《마운틴 오디세이》의 저자이자 나와 사제의 가연을 맺은 동료 강사이며 시나리오 작가인 심산 등 여러 후배가 좋은 의견을 보내와 도움을 주었다.

작성 시기가 좀 오래돼 현재 상황과 맞지 않는 대목의 원고들은 가급적 빼냈다. 초고를 정성껏 돌보며 교열하고 원고를 선별해준 한국외대 OB이자 《사이코버티컬》과

《WINTER 8000》의 역자 김동수의 노고에 감사의 마음을 전한다.

또한 오랜 기간 일간지 지면을 제공해주신 한국일보의 박광희 논설위원과 항상 격려의 말씀을 해주시고 응원해주신 원로 산악인 김영도 선생님께도 감사의 마음을 전한다.

끝으로 종이책 출판이 어려운 시기에 용단을 내어 출간을 기꺼이 허락해준 리리 퍼블리셔 심규완 대표에게도 심심한 감사의 뜻을 전한다.

산정한담山頂閑談

1판 1쇄 발행 2022년 5월 4일

지은이 이용대
정리 김동수
펴낸이 심규완
책임편집 정지은
디자인 문성미

ISBN 979-11-91037-09-8 03810

펴낸곳 리리 퍼블리셔
출판등록 2019년 3월 5일 제2019-000037호
주소 10449 경기도 고양시 일산동구 호수로 336, 102-1205
전화 070-4062-2751 팩스 031-935-0752
이메일 riripublisher@naver.com

블로그 riripublisher.blog.me
페이스북 facebook.com/riripublisher
인스타그램 instagram.com/riri_publisher